Né en 1977 dans la région lyonnaise, François Médéline émigre à Romans-sur-Isère à 11 ans pour y faire son apprentissage du rugby, du grec ancien et de l'amitié. Durant son doctorat, il est chargé d'études et de recherches à Science Po Lyon, spécialisé en sociologie politique et en linguistique. Il vit et mange politique durant dix ans comme conseiller, plume, directeur de cabinet et directeur de la communication de divers élus. Il aime la belote coinchée, ramasser des champignons en Lozère, pêcher des perches au bord du lac Léman et sa famille. Il n'écrirait pas s'il n'avait pas lu James Ellroy. Il apprécie particulièrement les ambiances malsaines de David Lynch, le lyrisme parfois potache de Sergio Leone, *La Naissance de Vénus* de Boticelli et l'album *Ssssh* de Ten Years After. Il est le scénariste de l'adaptation cinématographique du roman *Pike* de Benjamin Whitmer paru chez Gallmeister. Il a traversé l'océan Atlantique Nord à la voile, se consacre à l'écriture, s'occupe d'enfants dans une école de rugby et n'a pas vraiment de domicile fixe.

DU MÊME AUTEUR

La Politique du tumulte
*La Manufacture de livres, 2012
et « Points Policiers », n° P3259*

Les Rêves de guerre
*La Manufacture de livres, 2014
et « Points Policiers », n° P4236*

François Médéline

TUER JUPITER

ROMAN

Éditions La Manufacture de livres

TEXTE INTÉGRAL

ISBN 978-2-7578-7625-1
(ISBN 978-2-35887-262-1, 1re publication)

© Éditions La Manufacture de livres, 2018
© Points, 2019, pour la postface inédite

Le Code de la propriété intellectuelle interdit les copies ou reproductions destinées à une utilisation collective. Toute représentation ou reproduction intégrale ou partielle faite par quelque procédé que ce soit, sans le consentement de l'auteur ou de ses ayants cause, est illicite et constitue une contrefaçon sanctionnée par les articles L. 335-2 et suivants du Code de la propriété intellectuelle.

Avertissement de l'éditeur

Ce texte est un roman. À partir de sources variées, l'auteur a composé des personnages dont la ressemblance avec des personnalités ou des éléments de notre vie politique n'est pas fortuite. Le propos de cet ouvrage est de sonder l'incroyable plasticité de la société du spectacle 2.0 ainsi que le concept de vérité à l'heure des *fake news*, quand, à chaque seconde, des datas sont produites en quantité incommensurable et qu'elles circulent sans être authentifiées, à la vitesse de la lumière. Si le matériau politique était propice, toutes les métaphores, les idées, tous les détails de vies privées décrits dans ce livre ne peuvent en aucun cas être interprétés comme autre chose qu'une création littéraire relevant exclusivement de la fiction.

The Medium Is The Message.
Marshall McLuhan

Lundi 3 décembre 2018

TWITTER DATACENTER :
la vérité ultime

Atlanta
À 00 h 00 (heure locale)

Donald J. Trump ✔[1]
@realDonalTrump
God bless @EmmanuelMacron. Make Freedom Great Again ! #RIPEM #France #Eternity
523 412 Retweets **999 666** J'aime
18 h 53 - 2 dec. 2018

Gérard Collomb ✔
@gerardcollomb
🇫🇷 @EmmanuelMacron admirait le Gal de Gaulle. Il aura marqué son siècle tel JFK. Il était est et sera pour tjs la France. #RIPEM 🇫🇷
3 556 Retweets **2 222** J'aime
17 h 21 - 2 dec. 2018

En Marche ✔
@enmarchefr
@EmmanuelMacron est mort Vive @ EmmanuelMacron ! Tous orphelins mais avec un avenir à la hauteur de notre Président. #RIPEM #PEACE
1231 Retweets **542** J'aime
14 h 21 - 2 dec. 2018

---

1. Coche : symbole utilisé sur les réseaux sociaux pour indiquer que le compte de l'utilisateur est certifié.

Élysée ✔
@Elysee
Retrouvez l'intégralité de l'éloge funèbre du ministre d'État, ministre de l'Intérieur @gerardcollomb place de la Concorde. #RIPEM
2 789 Retweets **830** J'aime
12 h 46 - 2 dec. 2018

Emmanuel Macron ✔
@EmmanuelMacron
Merci à ts les chefs d'État et au + de 2 millions de personnes unies à Paris pr rendre hommage au Prsdt MACRON et célébrer la PAIX. #RIPEM
567 946 Retweets **235 769** J'aime
11 h 31 - 2 dec. 2018

Brigitte Macron
@jesuiscommechui
Mon Emmanuel, je l'aime encore ! Et c'est le moment pour moi d'aller le trouver au paradis. #Kiss #Kiss #RIPEM
3 459 Retweets **5 787** J'aime
09 h 23 - 2 dec. 2018

Dimanche 2 décembre 2018

DE TOUS LES DIEUX :
la porte du paradis

Paris
À partir de 13 h 02 (heure locale)

Le DS7 Crossback vira à gauche sur le quai des Tuileries et se plaça au cœur du triangle isocèle formé par les vingt-huit motocyclistes de la Garde républicaine. Un véhicule de combat d'infanterie version VPC de la 7e Brigade Blindée avec huit hommes et un cercueil dans le ventre suivit les rubans incolores tracés dans la neige par les quatre roues du sport utility vehicule et les cinquante-six roues des Yamaha FJR 1300.

L'itinéraire du cortège mortuaire avait été nettoyé, les quais évacués. Aucun véhicule, aucun humain, aucune feuille d'arbre, aucun chien, aucun papier, aucune affiche. Propre. Seuls quarante-deux hommes et une femme pouvaient évaluer au sol l'instant capté dans les airs par le drone multirotor OnyxStar FOX-C8-HD.

Le cortège redémarra. Claire Arnoux précisa sur BFM :

« *Brigitte Macron a souhaité que le cercueil drapé aux couleurs de la nation soit à l'intérieur du véhi-*

cule, avec les soldats, alors qu'il était disposé sur le blindé au départ de la Boisserie pour les obsèques de Charles de Gaulle, quand le Général avait permis que les hommes et les femmes de France et d'autres pays du monde fassent à sa mémoire un dernier hommage avec les yeux mais dans le silence. »

Le président Larcher examina ses ongles manucurés. Il vit le ciel se diluer dans la Seine. Brigitte Macron chercha à décoder la signature *République française* du tableau de bord au-dessus des genoux du capitaine du GSPR, un gars de 2,13 m et 142 kg qui faisait du 52 de pointure. La signature était beige et assortie à la toile de laque. Le garde du corps était noir et assorti à personne. Le chauffeur s'inquiétait de son rétroviseur central, du petit mec à képi bleu clair posté derrière le canon de 25 qui semblait déterminé à défoncer la vitre du hayon arrière et de son clone dont un sommet de tête à peine dépassait vers l'avant des huit mètres de métal vert, marron, kaki.

Le bleu, le blanc et le rouge claquaient au-dessus du porte-drapeau du véhicule présidentiel, comme le centaure, jailli d'une croix avec *force* et avec *audace*[1], sur le blindé de l'armée de terre. Le cortège ralentit, quitta le quai Aimé Césaire et fila sur l'avenue du général Lemonnier avant de réapparaître au croisement des rues de Rohan et de Rivoli. Il approcha, place du Carrousel. Un gant Dior lâcha par le toit ouvrant panoramique une poignée de pétales de roses que le drone montra au monde soufflés vers le sommet de la pyramide du Louvre et le

---

1. « Force et audace » est la devise de la 7e BB.

clocher de Notre-Dame. Le chauffeur remarqua le sourire aux lèvres closes de Brigitte Macron. Elle était convaincue que l'âme de son mari, enveloppée dans son trois-quarts bonapartien et libérée avant même d'y entrer de son sépulcre, quittait l'esplanade pour rejoindre la demeure des rois.

À hauteur de la Sainte-Chapelle, Gérard Larcher dit :

– Croyez-vous en Jésus-Christ ?

Brigitte Macron ne contrôla pas les muscles qui commandaient le resserrement de sa mâchoire.

Elle répondit :

– J'aime Mozart.

Le président Larcher fit sa tête de taupe qui sort du cul d'une vache, celle qui lui avait permis d'être assis là :

– Mozart est mort début décembre. Je vais l'interpréter comme une réponse positive...

– Oui, vous avez raison, il est mort demain.

Brigitte Macron joua avec ses yeux qu'elle aurait voulus mystérieux mais qui inspiraient peau-de-zob.

– Constance tint à achever son œuvre.

Le SUV noir pénétra rue Soufflot dans son V de protection motorisée. La foule applaudit derrière les barrières métalliques. Le World Wide Web crépitait. Les filtres Bleu-Blanc-Rouge recouvraient les photos de profils de 124 908 153 comptes Facebook. Les hommages Twitter équivalaient à la distance de la Terre à la planète Mars. Un eurocopter 665 Tigre dégagea dans le ciel. Il emporta vers Vélizy-Villacoublay le mouvement régulier de ses pales qui donnaient le tempo et l'angoisse de la guerre.

Le cortège s'immobilisa après la rue Saint-Jacques et ce fut le silence. Le silence dans la foule, dans les salles de presse, sur les canapés, le silence à table et dans les bistrots. Les portes arrière du VBCI s'ouvrirent. Quatre soldats de la 7e BB en sortirent. Deux firent glisser la dépouille jusqu'à leurs frères d'armes et quatre nouveaux soldats quittèrent le véhicule. Disposés de part et d'autre du cercueil, ils opérèrent un quart de tour gauche, avancèrent de trois mètres, puis un quart de tour droite sur le tapis rouge. Ils marchèrent au pas sur quinze mètres, dépassèrent le DS7. Ils se placèrent devant le SUV. Mathilde, un soldat du 5e régiment de Dragons, képi et foulard vert, ouvrit la porte arrière gauche. Brigitte Macron s'en extrayait à peine que le drone était déjà sur le soldat Mathilde qui ouvrait la portière du président Larcher. Le soldat Mathilde avait une cicatrice sous l'œil droit récoltée lors d'une attaque d'AQMI près de Gao.

Les escarpins en velours de chevreau de Brigitte Macron foulèrent la moquette carmin. Derrière le cercueil, le président Larcher était rapporté à la pièce, trop petit pour Brigitte Macron, trop gros dans son costume, tout comprimé dans son manteau droit et bleu fermé jusqu'au col. La veuve portait un tailleur noir, des collants noirs, des chaussures noires, elle avait le pas sûr. Anne-Claire Coudray fit remarquer sur TF1 que le lunetier parisien François Pinton, qui avait créé en son temps les mythiques lunettes de Jacky Kennedy, avait spécialement conçu la paire de Brigitte Macron et ce subtil verre fumé à travers lequel on percevait la tristesse de son regard.

La trajectoire des huit Alphajet de la Patrouille de France lécha l'arche de la Défense. Les biréacteurs survolèrent les Champs-Élysées, virèrent au sud au-dessus de la place de la Concorde. La Seine franchie et dans l'axe de la rue Gay-Lussac, les pilotes en formation diamant déclenchèrent à près de 300 km/h les pods fumigènes. Un vrombissement secoua jusqu'aux nuages. Cinq traits de fumée colorée, deux bleus, un blanc, deux rouges, barrèrent le ciel d'un panache tricolore qui rendit à la neige un éclat immaculé sur la triple coupole du Panthéon.

Le cercueil, le président de la République et la veuve avancèrent jusqu'aux marches qui montaient aux portes monumentales devant lesquelles deux fillettes, Louise et Aïssatou, procédèrent au lâcher de colombes. Deux oiseaux s'envolèrent entre les colonnes centrales du péristyle.

Lorsque les soldats installèrent le cercueil à la croisée des transepts, sous le grand dôme et *L'Apothéose de sainte Geneviève*, 245 341 personnes étaient connectées sur le compte de l'Élysée pour suivre le Facebook Live. Les destroyers stellaires de classe Executor étaient de vieilles carlingues de l'âge glaciaire. Les turbolasers et les canons à ions, des armes de geeks prépubères. La vérité s'écrivait à 300 000 000 m/s. Le hashtag #RIPEM explosait tous les records de hashtags. Sur le parvis, sous l'inscription AUX GRANDS HOMMES LA PATRIE RECONNAISSANTE du fronton triangulaire, le président Larcher avait les bras ballants le long du corps. La veuve Macron saluait la foule de la main droite.

Nicolas Ghesquière, styliste de Louis Vuitton, suivait la retransmission au 8 avenue du Mahatma Gandhi, dans le bois de Boulogne, sur un BeoVision 14. Il porta un verre d'Hermitage La Chapelle blanc à ses lèvres. Comme le lui avait indiqué son patron avant de rejoindre la place de la Concorde, avec ce tailleur, il entrait dans l'histoire. L'improbable couple présidentiel pénétra dans le Panthéon sur les premières notes du KV 626. Mozart sortait du chœur, cent mètres plus loin. Leïla Kaddour susurra sur France 2 que la distribution européenne était à l'image des convictions du président Macron. Le chef René Jacobs était belge tandis que l'orchestre baroque de Fribourg et le chœur de chambre du RIAS étaient allemands. Jean-Pierre Pernaud rappela sur TF1 que le cortège funéraire du lieutenant-colonel Arnaud Beltrame était déjà passé devant le Panthéon le 28 mars, quand le président Macron avait rendu un hommage national à ce héros français qui avait sacrifié sa vie lors de l'attaque du Super U de Trèbes par un islamiste.

Le président Larcher et la veuve Macron mirent trente-huit secondes pour traverser la nef et atteindre le pendule de Foucault. François-Charles Bideaux, qui avait réalisé la finale de la Coupe du monde de football 2010, demanda à la nénette qui pilotait la Spidercam SC100 Studio de forcer le zoom. La main de Brigitte Macron sembla effleurer le pendule et les voix du chœur berlinois grimpèrent quatre-vingt-un mètres à 332 m/s. Sibeth Ndiaye étudia l'image. Elle était pixélisée dans l'angle supérieur droit de son iPhone. FCB, c'était son idée. Elle avait marné pour imposer ce réalisateur qui offrait un spectacle irréprochable à toute la putain de galaxie. Brigitte Macron connaissait les paroles comme si elles avaient été écrites pour elle :

> Requiem aeternam dona eis, Domine ;
> et lux perpetua luceat eis.
> Te decet hymnus, Deus, in Sion,
> et tibi reddetur votum in Jerusalem.
> Exaudi orationem meam :
> ad Te omnis caro veniet.
> Requiem aeternam dona eis, Domine,
> et lux perpetua luceat eis.

Gérard Larcher s'assit sur son fauteuil doré de monarque déchu. Seul au milieu de nulle part. Brigitte Macron fila vers la porte à gauche de la convention nationale. Éric Zemmour était sur le plateau de RTL. Il trépigna sur sa chaise. La vie de Jeanne d'Arc se révéla durant vingt-quatre secondes sur les écrans pendant que Mozart faiblissait. La pucelle d'Orléans lui fila la trique. Brigitte Macron réapparut à l'entrée de la crypte. Trois tulipes rouges se détachèrent de la pénombre. Ses talons claquèrent le sol. Avec ses gros écouteurs, Éric Zemmour ressemblait à une mamie perdue dans un congélo. Il fut le premier à rompre l'unité nationale qui plombait l'ambiance depuis trois semaines. Il éructa sur son micro : « *Et voilà, la République est encore bafouée ! Ce n'est pas le président qui descend à la crypte. Ce pouvoir aura décidément été honteux jusqu'au bout.* »

Brigitte Macron pénétra dans le premier caveau. Derrière la statue de Voltaire, elle contourna le cercueil brun et contempla l'inscription dorée. L'inscription se figea sur les images produites en exclusivité par la présidence de la République :

> IL COMBATTIT LES
> ATHÉES ET LES FANATIQUES
> IL INSPIRA LA TOLÉRANCE
> IL RÉCLAMA LES DROITS
> DE L'HOMME CONTRE LA SERVITUDE
> DE LA FÉODALITÉ

Yves Calvi ne laissa pas Laurence Ferrari poser la question sur Canal + : « *Voltaire plutôt que Rousseau, ça veut dire ce que ça veut dire, quand même, non ?* » Pendant que leurs quatre invités renseignaient sur la scolarité d'Emmanuel Macron chez les Jésuites et au lycée Henri IV, sur le parcours professoral de sa veuve jusqu'au lycée Saint-Louis-de-Gonzague, sur les rapports de Voltaire avec l'Église catholique et la foi, Brigitte Macron se rendit au centre du sous-sol du bâtiment qui formait une croix. Elle chemina sous les voûtes, Mozart en sourdine, suivit son ombre. Elle stoppa les machines à destination et vira à droite. Elle se dirigea vers le nord. Elle entra dans le caveau de Pierre et Marie Curie. Elle se posta devant les tombes, lut Marie Curie-Skłodowska sur celle du haut. Brigitte Macron hocha la tête. C'était programmé dans le déroulé. Elle déposa une tulipe sur le couvercle blanc de la tombe du mari. Elle sortit du caveau, continua vers le nord.

Brigitte Macron entra avec la dernière tulipe dans le caveau de Jean Moulin, André Malraux, René

Cassin et Jean Monnet. À Londres, sur la BBC, Laura Kuenssberg revint sur l'entrée au Panthéon de Simone Veil au mois de juillet, comme l'avait voulu Emmanuel Macron. Macron avait réussi à rassembler un pays fracturé, du « *Jeremy Corbyn français* » Jean-Luc Mélenchon jusqu'à Marine Le Pen. Brigitte Macron se figea devant la tombe de Jean Monnet. Elle était blafarde malgré les quatre millimètres de fond de teint. Elle plaça la tulipe rouge sur le couvercle et la main droite sur la pierre blanche. François-Charles Bideaux balança le très gros plan de la tulipe qui devint trouble et de plus en plus pourpre.

Le chœur explosa avec les vivants et la lumière du Panthéon aveugla tous les spectateurs. Claire Chazal traduisit les paroles du *Requiem* sur Radio Classique : « *Ô Roi de majesté redoutable, qui ne sauvez les élus que par la grâce, sauvez-moi, source d'amour.* » Elle ajouta : « *Au millimètre.* » Gérard Larcher se tenait debout, la tête penchée, les paumes à plat sur le cercueil. Ses mains froncèrent l'étoffe du drapeau tricolore. Ce n'était pas dans le déroulé. Ses paupières étaient closes et une larme roula sur sa joue gauche. La spidercam zooma par-dessus son épaule sur le texte qui avait été brodé en fils d'or au centre du drapeau :

J'ai aimé farouchement mes semblables cette journée-là, bien au-delà du sacrifice.

René Char

L'inscription se fondit dans le visage de Brigitte Macron. Elle passa une main obligeante sur l'épaule du président Larcher. Elle releva le menton. Deux légionnaires ajustèrent le drapeau. Brigitte Macron ferma les yeux. Les légionnaires portaient la barbe épaisse et le tablier de buffle.

Dimanche 2 décembre 2018

POST MORTEM : le sacre

Paris
À partir de 11 h 37 (heure locale)

Les ministres l'appelaient SAS[1] ou le maillon faible dès la sortie du Conseil mais aujourd'hui Gérard Collomb donnait le *La*. Macron l'avait placé à l'Intérieur en connaissance de cause. Il avait toujours été convaincu que Chirac et Hollande avaient commis l'erreur d'y installer deux Judas. Sarkozy lui avait dit au téléphone dès le 31 mars 2017, la veille de sa rencontre avec Christian Estrosi, près de deux mois avant son élection : « *Le type place Beauvau sait où tu fourres ta bite. Soit tu y mets un esclave, soit il faut le tenir par les couilles.* » Sarkozy avait adoré jouer au grand frère avec son puceau de cadet.

Parce que son président l'avait choisi, Gérard Collomb se tenait aujourd'hui à un mètre vingt de l'obélisque de Louxor, sur l'estrade recouverte de velours noir qui encerclait le piédestal, derrière un

---

1. Son Altesse Sénilissime.

pupitre en plexiglas, devant un drapeau français et un drapeau européen.

Gérard Collomb inspira par le nez, gonfla le ventre, expira par la bouche. Il réitéra l'opération vingt-deux fois. Gérard Collomb inspirait, Gérard Collomb gonflait, Gérard Collomb expirait. Les exercices respiratoires n'y faisaient rien. Deux millions de personnes et les poètes antiques menaient son chouchou aux Champs-Élysées, tout au bord de la terre avec les héros glorieux et vers la plus douce vie offerte aux hommes, où jamais rien d'autre ne tombe que la foudre, ni neiges arctiques, ni pluies acides, où seuls les zéphyrs astraux perdurent avec les brises sifflantes de la mer qui montent pour offrir le salut[2]. Deux millions de personnes, pour plus d'un quart de siècle de célébrité, qui honoraient le président de la République française et lui filaient la pétoche. L'autre, dans le cercueil placé au nord de la fontaine des Mers, au centre d'une étoile à cinq branches composée par trois régiments de toutes les armes, n'y pouvait rien.

Gérard Collomb vérifia les deux micros, régla les cols-de-cygne flexibles. Son alliance dorée s'enfonça dans une bonnette et un claquement sortit des deux cent cinquante mille watts d'enceintes installées sur la place et connectées aux trente-trois amplificateurs Yamaha-Nexo. Gérard Collomb entendit une explosion d'ogive thermonucléaire et le *poc-poc-poc* déclencha un relâchement de son sphincter vésical.

[2]. Voir Homère, l'*Odyssée*.

Gérard Collomb avait la bouche sèche. Il pinça sa langue entre ses incisives. La salive coula sur ses lèvres mais Vladimir, Sibeth, Anne, Charlotte, Angela, Ismaël, Gérard, Alexis, Xi, Stéphane, Dounia, Richard, Jean-Claude, Donald, Alain, Benjamin, Theresa, Muriel, Édouard, Christophe, Ève, Édouard, Valéry, Jacques, François, Abdel, Marine, Michèle, Nicolas, Nicolás, Hilary, Julie, Marie, Manuel, Pierre, Paul, Jacques, Narendra, Lyne, Malcolm, Isabelle, Alassane, Richard, Bruno, Virginie, Marina, David, Colette, Claude, Jean-Pierre, Léonie, Bernard, Dominique, Benjamin, Barack, Mohamed, Micheline, Thomas, Pauline, Romane, Margot, Mathias, Hugo, et Queen Elisabeth, et le pape François, et deux millions de personnes dont un million six cent mille citoyens français et sans doute quatre cent mille citoyens du monde formaient la plus grande et longue procession jamais connue des hommes, qui venait du pont de Neuilly, entrait par la porte Maillot, marchait sur l'avenue de la Grande Armée, enserrait la place de l'Étoile et descendait les Champs-Élysées, jusqu'à lui.

Gérard Collomb pouvait avaler sa langue. Jamais deux millions de personnes n'avaient fait, ensemble, en un seul lieu et pour un seul des leurs, cesser le vacarme et taire leur fureur. Et c'était à lui de prêcher la bonne parole devant les puissants du monde ordonnancés en sept rangées selon leur classe au protocole. Gégé la quenelle. Gégé au pied de son obélisque. Gégé le tricard vengé par le destin. Au PC de la préfecture de Paris, le directeur départemental de la sécurité publique était sur la ligne cryptée et sécurisée avec le ministère de l'Intérieur. Il dit à Stéphane Fratacci, le directeur de cabinet du ministre :

– 312 000. Nous avons l'analyse satellitaire. Je vous confirme.

– Mais c'est impossible, cette foutue place fait huit hectares, bordel !

Alors que le DDSP baragouinait, le dir cab abrégea :

– C'est l'éloge funèbre. Au tour du ministre. Refaites le compte, je vous rappelle.

Gérard Collomb essuya les larmes qui coulaient sur les écrans de millions de télévisions, d'ordinateurs, de tablettes et de smartphones. Son chef de cabinet avait insisté pour qu'il porte un manteau en cachemire et une écharpe mais il n'en avait fait qu'à sa tête. Gégé gardait un mauvais souvenir du président Macron durant son hommage à Johnny Hallyday, avec son grand châle qui faisait moitié pédé. La température était de 4 °C mais il s'en branlait : la vidéo de l'éloge funèbre serait visionnée sur YouTube plus de cinq millions de fois. Arthur le lui avait certifié. Arthur était son ancien porte-valoches payé par le Sénat désormais conseiller digital et affaires réservées du ministère. Le gamin ne le pipotait jamais trop. Gégé lissa les revers de sa veste. Il portait du lyonnais : un costume noir, une chemise blanche et une cravate noire de chez Zilli. Ça lui plaisait bien d'emmerder la place parisienne de la haute-couture.

Gérard Collomb vérifia les feuilles cartonnées sur le pupitre. Il avait comme de la fièvre et ça ne venait pas des éléments. Les éléments étaient avec lui : pas un gramme de vent pour faire virevolter ses huit feuillets A4, le fond de l'air un peu poudré, la respiration de milliers d'âmes qui formait un nimbe humide, translucide et encerclait la place. Ça ne venait pas non plus de son sacré bon discours, le meilleur qu'il aurait jamais à prononcer. Trois personnes l'avaient rédigé. Ismaël Emelien, le conseiller spécial de l'Élysée et showrunner du roman national, avait donné les lignes forces ; Jonathan Guémas, son normalien débusqué dès la sortie de l'école, et Quentin Lafay, la plume post-socialo mais lyonnaise de Macron, avaient mis en musique. Ils avaient même réussi à excommunier Sylvain Fort, la plume officielle du président. Son chef de cabinet avait amendé et validé. Jean-Marie Girier validait tout, comme durant la campagne présidentielle. Et Caroline avait mis la touche finale, juste un peu de lui. Parce que c'était sa femme et qu'elle mettait Brigitte en confiance. Mais Gégé avait les mains engourdies et de la compote dans les jambes. Le dos voûté, il n'avait plus que douze secondes pour se trouver dans l'éternité. C'est la poularde demi-deuil façon mère Brazier qui lui sauva la mise. Un goût de crème au fond des papilles. Des belles carottes, avec de petits navets et une salade de poireaux, et des févettes, et de la truffe, et le porto. Gégé avait la fringale. Ses lèvres s'entrouvrirent. Il crachota des trémolos qui résonnèrent le long des rues et des boulevards de la capitale :

Monsieur le président de la République,
Chère Brigitte,
Et si vous me le permettez, chers amis,
Voilà donc vingt et un jours que le président Macron partit par un temps de barbarie sans doute jamais semblable à aucun, lui qui était le chef de notre peuple de lumière, ce peuple fraternel qui perdurera en son nom et chérira demain ses millions d'enfants.

Nous sommes ici car des barbares qui souillent l'Islam et les musulmans ont encore pris une vie à la République, la vie d'un des plus audacieux dirigeants politiques de notre temps. Puissent cet hommage national, et la ferveur qui nous unit toutes et tous aujourd'hui à Paris, assigner à l'humanité le devoir d'honorer celui qui fut un héros de la démocratie, ce héros de la liberté qui aura donné son sang à notre patrie et à la promotion de nos idéaux.

Oui, le président Macron est mort pour les valeurs qui fondent son action politique et sa vie d'homme. Il est mort parce que jamais il n'a baissé les yeux, ni limité son audace. Il est mort en faisant de nous ses héritiers.

Non, les terroristes ignorants qui ont eu sa peau n'assassineront pas nos rêves. Pas plus qu'ils ne saliront son sang.

Qu'ils soient certains de ne jamais avoir notre haine en retour de leurs actes.

L'espoir qui nous porte est bien trop indélébile. C'est un espoir de paix et d'entente entre les peuples, les cultures, les religions, qui fondent nos identités, constituent notre richesse, un espoir qui nous porte et nous transcende.

Rien ne prédestinait le modeste enseignant en lettres que je suis à parler en votre nom aujourd'hui. Rien. Mais j'aimais notre président, j'aimais Emmanuel Macron. Comme il aimait les gens.

En ces bien tristes moments, l'histoire vole son intimité aux amis, aux proches et à la famille. Nous sommes tous tristes, très tristes. Mais ils ont aussi leur part de beauté, cette beauté fragile, quand chacun honore sa mémoire, comme les croyants et les non-croyants l'ont fait ce matin à Notre-Dame. Forts de nos différences, nous avons le sentiment d'appartenir ensemble à une même communauté. Cette communauté porte un nom. Elle s'appelle l'humanité.

Oui, la seule idéologie d'Emmanuel Macron était l'humanisme et elle est mienne aussi.

Et en cet instant immortel, je pense à mon père ouvrier et à ma mère femme de ménage, je pense à mes enfants, je pense à la République que j'ai chevillée au corps, pour vous transmettre, avec sincérité, en mon nom personnel, au nom des millions de personnes venues du monde entier à Paris, au nom de la grande nation française, nos plus sincères condoléances.

Elles ne sont rien au regard de la peine qui vous frappe. Je le sais. Mais que notre modeste soutien vous apporte cependant le réconfort que vous méritez. […]

Mardi 27 novembre 2018

JÉRUSALEM : mon amour

Dans les eaux territoriales israéliennes
À partir de 07 h 14 (heure locale)

Le lieutenant Patrick Yates inscrivit *FREEDOM* sur le métal gris-vert du Tomahawk. Il dessina trois cœurs sur le Block IV. À la craie blanche : ♥♥♥. Il se marra à l'intérieur. L'oncle Donald avait enfin pris la décision d'éradiquer les bougnoules maléfiques. Le lieutenant Patrick Yates se répéta les mots de la publicité Raytheon : « MODERNE, SÛR, PUISSANT ». Motherfuckers.

Ricky avait stoppé les branlettes sur YouPorn depuis plus de deux mois. Pendant le repos, il ingurgitait les vidéos de Travis *The Ironman* Fulton. Pendant le repos, il surfait sur le Net à la recherche de cocasseries sur les chars israéliens Merkava. Pendant le repos, il lisait *Vom Kriege* de Clausewitz en version originale. Dans les nuits bleutées pour améliorer son allemand que Mama Trudi lui avait inculqué dès la naissance. Sous les jours blancs pour ne pas penser à Samantha. C'était la guerre loin des morts. C'était la guerre sur l'USS *Porter*. C'était la guerre sans hachette et sans Indiens.

Sa bien-aimée se prénommait Samantha parce que ses parents étaient fans de *Bewitched*[1]. C'était leur seul plaisir à Hiawassee, Géorgie. Sa bien-aimée se faisait peut-être enfiler par le pisciniste, par son voisin Cary-le-garagiste, par Franck-son-petit-frangin-qu'il-adorait. Ricky se touchait sur sa belle-sœur. Sa bien-aimée était gravement roulée. Des yeux noisette aux reflets d'or. Une paire de loches 95 D à faire triquer Rocco Siffredi. Des fesses rondes et dures comme Ricky les aimait. Samantha, Samantha, Samantha. Putain de sorcière.

Le lieutenant Patrick Yates secoua la tête. Voilà pourquoi il s'occupait la nuit et voilà pourquoi il s'occupait le jour. Dans les nuits bleutées et sous les jours blancs : SAMANTHA-MMA-MODERNE-CLAUSEWITZ-SÛR-MERKAVA-PUISSANT-TOMAHAWK-FREEDOM-LOVE-♥. Les bougnoules maléfiques et sa sorcière bien-aimée. Il se tourna et dit au cameraman :

— La liberté vaut 1,5 million de dollars pièce, mon pote.

Samuel Livingstone était concentré. Livingstone avait été consultant sur *Dunkerque*. Livingstone avait bu une Budweiser avec Christopher Nolan. Livingstone ne faisait pas dans le showbiz. Il était sous contrat avec l'US Navy. Livingstone était dataproducer. Pas de Samuel Livingstone, pas de Patrick Yates. Pas de Panasonic Lumix GH1, pas de guerre.

---

1. Titre américain de la série *Ma sorcière bien-aimée*.

Les datas de Livingstone étaient plus vraies que la chatte épilée de Samantha.

Sam possédait une photo bras-dessus bras-dessous avec Tom Hardy et Kenneth Branagh. Sam avait roulé jusqu'à Des Moines pour s'offrir un tirage mahous. Chez Jafa, son pote négro du lycée. Jafa lui avait imprimé un poster de deux cents pouces sur trois cents. Une remise de 20 % et un poster d'enfer. Le poster était collé sur l'armoire métallique dans sa cabine. Avec Tom et Kenneth. Bras-dessus bras-dessous. Sam était leur pote. Pour de vrai. Le lieutenant Patrick Yates demanda :
– Tu filmes ou tu prends des photos ?
Livingstone balança son sourire en coin de vantard. Il se lécha les lèvres. Ses lèvres avaient le goût du sel.
– On filme *Dr House* avec ça.
– *Dr House ?*
– *Dr House !*
– Tu déconnes ?
– Je déconne pas, lieutenant. La Vierge Marie a pris le vent de Dieu dans la chatte il y a exactement deux mille dix-huit années, dix mois, et vingt-sept jours, juste pour qu'on filme au reflex numérique et qu'on envoie des missiles dans le ciel. Rien que pour toi et rien que pour moi.

Le lieutenant Patrick Yates hésita : soit il lui mettait un direct du gauche, soit il demandait au commandeur de le traduire devant la cour martiale. Ricky aimait bien Sam. Sam-le-youpin leur fourguait à cent dollars des vidéos léchées sous le manteau pour leur famille. Sam-le-youpin balançait une vanne drôle sur cent. L'équipage n'avait pas jeté Sam-le-youpin à la baille pour la blague qui les faisait se gondoler durant une semaine et parce que Sam-le-youpin était dans les petits papiers du CDR. Ricky sourit. Il dit :

– Putain d'humour de youpin.

Samuel Livingstone appuya sur la touche power de son appareil photographique et tendit la main. La main du lieutenant Patrick Yates cogna celle de Samuel Livingstone. Les films de Samuel Livingstone passaient sur Fox News. Sam savait qu'un jour les datas de sa boîte se retrouveraient dans un caisson d'un mètre cube rempli de bactéries et que le caisson se baladerait dans l'univers avec toutes les datas de l'humanité. Ricky savait que les tétons de Samantha allaient gonfler de fierté. Il savait que les tétons de la belle-sœur allaient gonfler de jalousie. Ricky éradiquait les bougnoules maléfiques. Tout ça était la vérité. Ricky travaillait dans l'usine de fabrication.

Leurs poings se fermèrent et s'entrechoquèrent pendant que les neuf mille tonnes de l'USS *Porter* formaient comme une île au large d'Haïfa. Les eaux israéliennes étaient assorties au Tomahawk. La lune se tirait du ciel et le soleil levant faisait penser à une bouée flamant rose en feu sur Miami Beach. Les Tomahawk glissèrent vers les lanceurs. De longs tubes de six mètres à la queue leu leu. Dans moins de deux heures, la bannière étoilée au vent et dans la fumée, le soleil plomberait Jérusalem et l'USS *Porter* arroserait pour cent trente-deux millions de dollars.

La sirène allait hurler et quatre-vingt-huit moteurs-fusées cracheraient leurs flammes sur le pont. La sirène allait hurler et quatrevingt-huit turboréacteurs raseraient le désert à Mach 0,7. Quatre-vingt-huit étoiles largueraient leurs munitions et les munitions fileraient vers la liberté après les nuits bleutées et avant les jours blancs. À l'ouest de Mayadin. La capitale sarcophage des bougnoules maléfiques. En mondovision. Ricky et Sam se firent un clin d'œil.
Check.

Samedi 24 novembre 2018

BABYLONE, BABYLONE :
la mort embellie

Argenteuil
À partir de 11 h 14 (heure locale)

Élodie Bouvier poussa la mèche de coton au fond de la gorge avec sa pince métallique. Elle l'ajusta entre les dents avec son pouce gauche. Son pouce gauche était recouvert d'un gant transparent en latex. Élodie était célibataire, mariée avec le boulot. Elle avait quarante-et-un ans et des centaines d'enfants. Ceux qu'elle appelait ses enfants étaient déjà morts ; elle en aurait encore des centaines d'autres.

Élodie introduisit son crochet de suture dans la bouche. Elle chercha un point d'ancrage solide. Elle perfora le maxillaire, deux centimètres au-dessus des dents du bonheur d'Emmanuel Macron. Les dents du bonheur faisaient du président de la République un cadavre sincère. Élodie tira sur le crochet. Elle fit coulisser quarante centimètres de fil à travers l'os et la chair. Elle utilisait du fil de pêche tressé de 0,25 mm de diamètre. Dans le métier, elle était la seule. Les autres utilisaient de la cordelette. Mais Élodie allait pêcher la bonite avec son père au large des côtes normandes. Élodie testa le nœud. Le nœud était parfait. Le nœud tenait bon. Élodie sourit. Elle aimait son travail. C'était un travail respectable. Élodie aidait les gens à renoncer aux leurs.

Élodie sutura la bouche du président de la République. Élodie caressa sa lèvre supérieure. Elle fit pivoter son siège surélevé, scruta le portrait officiel. Le portrait mesurait cinquante centimètres par soixante-dix. Il était encadré, suspendu à la vis cruciforme sur laquelle Élodie accrochait tous ses morts. Emmanuel Macron était assis sur son bureau devant la fenêtre. La fenêtre donnait sur le jardin du palais de l'Élysée. Emmanuel Macron était assis et *en même temps* il était debout. Avec ses deux alliances, ses deux téléphones. Avec les deux poches latérales de sa veste de costume. Avec *Les Nourritures terrestres* et *Les Mémoires de guerre*. Avec *Le Rouge* et avec *Le Noir*. Avec l'histoire qu'Élodie devait raconter. Avec cet homme-là qui était son modèle. La consigne lui avait été donnée par le cabinet du président défunt à l'Élysée. Toutes les familles donnaient des consignes. Emmanuel Macron possédait une armée de sbires. Ses sbires les plus proches étaient directifs.

Le cabinet de l'Élysée avait étudié la cryogénisation et s'était renseigné sur les embaumeurs de Lénine. La cryogénisation sonnait trop *Star Trek*. Les embaumeurs du petit Vladimir Ilitch étaient les meilleurs du monde, Lénine rajeunissait plus de quatre-vingt-dix ans après sa mort. La cryogénisation était une spécialité US. Les embaumeurs du petit Vladimir Ilitch étaient russes. La mère d'Élodie aussi. Élodie avait fait un stage à Moscou chez un cousin éloigné. À l'institut des plantes médicinales et aromatiques, au laboratoire Leninka, auprès du groupe du mausolée. Élodie avait vu les Russes embaumer Kim Jong-il. Le cousin de sa mère et son équipe avaient retiré les organes, purgé les veines, extrait le sang des tissus. Ils avaient immergé la dépouille dans un bain de glycérol et d'acétate de potassium. Kim Jong-il était éternel.

Élodie était hétérodoxe. Par la volonté du destin. Élodie était la meilleure thanatopractrice d'Europe occidentale, une professionnelle respectée. Grâce à sa force de travail. Elle avait interdit aux hommes du GSPR de surveiller la dépouille en sa présence. Elle connaissait trop la mort pour les laisser faire. Chaque mort était unique, universelle. C'étaient ces châteaux mille fois montés vers le ciel et mille fois détruits qui ressuscitaient par la volonté des hommes. Elle était toujours là sur sa table. Son mètre carré à elle. Élodie la faisait belle parce qu'elle rendait les choses précieuses. Élodie le savait depuis qu'elle était comme passée de l'autre côté quand elle était gamine. Une mauvaise chute de cheval qui l'avait estropiée. Élodie traînait la patte. Les mauvaises langues l'appelaient la limace. La limace avait chassé du laboratoire tous les flics de la République. Les flics faisaient le pied de grue devant le bâtiment. La veillée mortuaire avait lieu sans elle. La limace était une femme d'action. Ses traces de bave scintillaient derrière elle comme la queue d'une comète invisible et sacrée.

Élodie réalisa le nœud final. Elle coupa le fil avec une paire de petits ciseaux stériles. Élodie ferma les yeux, positionna les lèvres du président de la République au toucher. La lumière blanche se réverbérait sur les carreaux rectangulaires qui recouvraient les murs du laboratoire. La lumière blanche éclairait le visage du président de la République. Emmanuel Macron souriait. Élodie ouvrit les yeux.

Élodie replaça son crochet, le fil coupé sur la tablette de travail. Elle fit pivoter son siège. Une goutte se détacha des rouflaquettes poivre et sel. Dans la lumière. Élodie ouvrit une pochette en papier. Elle plia une gaze entre les deux mâchoires de sa pince métallique, tamponna les pattes du président. À gauche et à droite.

Élodie dégrafa son masque chirurgical. Elle releva ses lunettes de protection sur son front. La sueur lui brûlait les cornées. Elle s'essuya le visage avec la manche de sa blouse vert et bleu. Elle se leva, se dirigea vers la chambre froide. Élodie ouvrit la grande porte. Jean reposait sur l'étagère du bas. Il l'attendait. Sa vie était partie le jour de ses soixante-quinze ans. Élodie prit une canette de Coca-Cola Zéro sur l'étagère supérieure. Elle referma la porte, décapsula la canette. Elle but une gorgée. Les bulles lui montèrent dans le nez et dans les yeux. Le liquide descendit tout froid jusqu'à son nombril.

Élodie transporta un bidon de dix litres jusqu'à la table d'opération. Le bidon contenait huit litres de potion magique. Sa recette était secrète et en partie moscovite. Emmanuel Macron était nu et beau. Ses mains reposaient sur son abdomen. Élodie but une nouvelle gorgée de Coca-Cola, procéda comme elle le faisait toujours avec ses enfants une fois qu'elle avait suturé la bouche.

– Je ne l'ai pas dit à vos équipes mais j'ai marché pour vous, Emmanuel. J'ai été une marcheuse de la première heure. J'ai ouvert huit cent trente-trois portes. Le soir, après le travail. Je n'ai pas fait la campagne législative parce que c'était trop compliqué avec le job mais j'ai voté deux fois pour vous, évidemment, et pour la prof de sport[1] aussi, je ne me souviens plus de son nom…

Élodie posa la canette de Coca-Cola dans l'évier, sur la bonde d'évacuation. Elle dévissa le bouchon du tube de crème hydratante et déposa deux noisettes sur les couvre-œil, sur le carré stérile, vers son meuble à secrets. Élodie approcha du corps. Elle positionna le couvre-œil droit. Elle rabattit la paupière d'Emmanuel Macron. Elle se figea devant lui, les mains sur les hanches.

– Je l'ai fait parce que je crois au travail, je crois en vous. Et puis nous avons un an d'écart, seulement, je suis de 1976. Et j'en ai marre de tous ces vieux, de tous ces menteurs. Bon, je me suis un peu fâchée avec mon père à cause de vous… Je voulais vous le dire. C'est quand même plus important que de savoir si j'ai embaumé ou pas Philippe Séguin. Vos équipes, ils ont un peu perdu le sens des réalités quand ils parlent aux gens, je peux vous l'assurer, à moins qu'ils ne l'aient jamais eu.

---

1. La députée de la 3e circonscription du Val-d'Oise, Cécile Rilhac, a été professeur d'éducation physique et sportive.

Bref, mon père il est pour Mélenchon. Il était syndicaliste. À la Sofedit. C'est à Saint-Romain-de-Colbosc. Il a vraiment en travers votre truc de la CSG. Il dit que vous lui avez piqué 40 € par mois et qu'avec ce que Hollande lui avait pris, ça fait 120 €. Je lui ai dit que ce n'était pas possible. Il dit que tout a été arrangé pour que ça soit vous et que rien ne change. Que c'est Hollande qui a filé tout ce qu'il fallait au *Canard* pour couler Fillon et que ça a bien fait plaisir à Sarko. Que vous êtes le fils caché de Flamby et de Rothschild. Le valet du système. Que vous êtes le papier cadeau et Brigitte le bolduc ! Je vous parle même pas de ce que j'ai entendu sur l'affaire Benalla… Votre sexualité, Brigitte, tout y est passé. L'âge ne lui réussit pas, il est complètement parano, et il devient un peu méchant.

Élodie plaça le couvre-œil gauche. Elle l'ajusta. Elle quitta ses gants. Elle appuya sur la pédale de la poubelle de cinquante litres, les jeta. Elle enfila une paire neuve. Elle marcha jusqu'à son meuble à secrets. Elle ouvrit les deux portes. Elle compta toutes les affaires que lui avait confiées le chef de cabinet du président. Elle effleura la housse de costume Smuggler avec avec le revers de la main droite.

– Je lui ai répondu ce qu'il y a de marqué dans les fiches que vous envoyez. C'est très bien fait tout ce que vous nous envoyez à En Marche. Que ça ne touchait qu'une infime minorité des retraités déjà et que ça permettait aux travailleurs de gagner plus. Il n'a pas aimé. Il aime pas quand je lui dis qu'il est mieux loti que les autres. Il a hurlé que c'était le résultat de la manœuvre, opposer les gens qui ont pas beaucoup entre eux au profit de ceux qui ont tout. Comme avec les cheminots…

En haut l'alliance de droite, l'alliance de gauche. Au milieu, la montre carrée de chez Cartier. Au milieu, les boutons de manchettes. En bas, les richelieux noirs de chez Weston. À côté des richelieux, la chemise, la cravate. Au milieu. La boîte bleue. Élodie l'ouvrit. Élodie étudia la rosette de la Grand-Croix de la Légion d'honneur. Élodie avait décidé de l'épingler en dernier à la boutonnière du costume, juste après l'alliance de la main droite.

– Il dit que je suis neuneu de vous ! Moi, neuneu de vous ! Que vous aviez qu'à prendre le pognon aux riches… Que vous avez aboli l'ISF pour eux, sauf pour leurs maisons ! Que de l'argent, il y en a et qu'il faut le prendre là où il est. Bon, mon père, c'est une vraie tête de cochon, vous avez pigé le truc. Je me demande s'il n'a pas voté Marine Le Pen au second tour juste pour m'embêter.

Élodie referma le meuble à secrets. Elle fit demi-tour. Elle avança, se pencha sur le corps. Elle caressa la joue gauche. La peau d'Emmanuel Macron était aussi douce que de la peau d'abricot.

– C'est marrant, ça, vous êtes limite prognathe en fait, non ?

Élodie étudia le Bic Sensitive jetable blanc et orange sur la tablette. Le rasoir valait trente cents. Elle ne le jetait jamais après le premier usage. Au cas où. Élodie était prévoyante. Elle avait confiance en elle. Elle était assez intelligente pour savoir qu'elle commettait des erreurs.

— Ma mère ? Vous savez, elle dit rien, la pauvre ! Mon père, il a de la théorie plein la tête mais il ne fait jamais la cuisine, il sait même pas faire une lessive, il fait pas le ménage, rien. Rien du tout ! Il est très vieille France. Elle a pas le temps de penser. Par contre, lui, c'est un moulin à paroles et je n'ai pas trop quoi su lui répondre pour la loi travail…

Élodie empoigna son scalpel. Elle inspira. Elle agrafa son masque, rajusta ses lunettes. Elle régla la lampe led qui descendait du plafond. Elle bloqua sa respiration. Elle incisa la peau sur trois centimètres à la base du cou.

— Je lui ai bien dit que j'allais embaucher quelqu'un, parce que maintenant je pouvais licencier si jamais l'activité diminue. Mais papa, il a jamais été patron de lui-même. Alors, il beugle que les patrons ont toujours pu virer les gens comme ils voulaient depuis la nuit des temps !

Élodie reposa le scalpel. Elle choisit un crochet pour creuser la chair. Elle prit son crochet fétiche. Elle inspira. Elle s'assit sur son siège, régla la lampe.

— Il dit que vous avez fait cette loi pour les multinationales, que grâce à vous, ils peuvent transférer l'argent dans les filiales à l'étranger et licencier facile ici parce que c'est le résultat en France qui compte maintenant pour licencier économique, plus le résultat mondial. Que Renault peut faire des bénéfices en Pologne et virer les gens à Sandouville ! Bon, vous avez compris qu'on est de Sandouville. Tonton bosse chez Renault… Et vous n'avez pas envoyé de fiches là-dessus chez En Marche !

Élodie vérifia le bouchon du bidon qui contenait le fluide d'injection. Elle repéra le séparateur de chair sur sa tablette de travail. Elle planta le crochet dans la chair. Elle inspira, expira.

– C'est un peu invasif mais ne vous inquiétez pas. J'extériorise la carotide, j'insère une canule, j'injecte le liquide. Je ne peux pas vous donner la recette. Disons que c'est à base de formaldéhydes. Quand le sang sortira, il sera noir. Il ne faut pas vous en faire non plus. C'est comme ça, le sang est toujours noir.

Élodie s'épongea le front. Elle inspira, recommença à papoter avec son mort :

– Mon père dit que c'est pas normal de tout avoir en double, que ça cache quelque chose. Et que vous êtes un sacré veinard aussi. C'est vrai ça. Sarko a eu la crise et Hollande a eu l'orage. Vous, vous avez eu Simone Veil, Johnny, Jean d'Ormesson et la Coupe du monde ! Mais il n'y a pas que la chance. Le travail et la bonne étoile, ça s'appelle la réussite, on obtient rien sans rien. Papa dit que même les équipes de football mettent votre nom sur leurs maillots maintenant, que ça s'affiche tout le temps à la télé, que vous êtes le plus grand veinard de la terre ! Vous allez voir qu'il va me dire que vous avez eu de la chance de mourir.

Du lundi 12
au vendredi 23 novembre 2018

LES LÉGIONS DE JAVA :
cent mille langues de feu

**Around the world
Tout le temps...**

Jour 11
- Manchette de presse : *The New York Times* -
« Le conseil de sécurité de l'ONU vote la résolution 2454 pour la paix et la sécurité en Syrie : Bachar al Assad se félicite »

- YouTube – JEAN-LUC MÉLENCHON ✔
#RDLS78 : Ne vous faites pas voler cette élection, les gens !

- Facebook : Le Lab ✔
@LeLab. Europe1
Comment Brigitte Macron a décapité Édouard Philippe

- Manchette de presse : *Le Parisien* -
« Du néonazisme au salafisme : itinéraire d'un enfant raté »
- Manchette de presse : *La Dépêche du Midi* -
« La comète Brigitte Macron : 37 % au 1er tour et vainqueur par KO dans tous les cas de figure (Sofres) »

- **Twitter** : *Le Point* ✔
@LePoint
71 % des Français approuvent la décision de @gerard_larcher de panthéoniser Emmanuel Macron (Ifop)
879 Retweets **423** J'aime
14 h 33 - 23 nov. 2018

- Réactions : *Libération* -
Panthéonisation d'Emmanuel Macron :
- Richard Ferrand : « En seulement quelques jours et dans des circonstances exceptionnelles et dramatiques, le président Larcher aura donné tout son sens à l'unité nationale. Il fait honneur à la République comme rarement. »
- Marine Le Pen : « No comment. J'y serai. »
- Jean-Luc Mélenchon : « Je suis défavorable à toute cette sarabande. L'heure est bien trop grave pour notre pays et les Français. Sur le fond, les politiques ne gagnent jamais à écrire l'Histoire. C'est aux historiens de le faire. Mais je serai aux obsèques d'Emmanuel Macron. J'aime mon pays. La patrie est en danger. Je suis un patriote. »
- Laurent Wauquiez : « Pourquoi pas mais beaucoup trop tôt. »
(les autres réactions en page 4)

- **France Inter : Le 6/9**
François Bayrou laisse planer le doute sur sa candidature

- Manchette de presse : *Le Figaro* -
« Le congrès autorise le Président trump à envoyer des troupes au sol en syrie »

* * *

Jour 10
- Manchette de presse : *Le Figaro* -
« Le comité politique LR valide la candidature de Laurent Wauquiez »

– **Twitter : Mathieu Kassovitz**
@kassovitz1
Daesh n'empoisonne pas. Daesh n'a jamais
empoisonné personne. #FAKENEWS
879 Retweets **423** J'aime
16 h 36 - 22 nov. 2018

– Manchette de presse : *Le Nouveau Détective* –
« Le témoignage exclusif de Jean-Patrick, pâtissier à
La fabrique du chocolat »

– **Amazon : Livres**
Emmanuel Macron, *Révolution*
Moyenne des commentaires clients : 4,2 étoiles sur 8 555 commentaires clients
Classement des meilleures ventes d'Amazon : 431 en Livres
n° 1 dans Livres > Actu, Politique, Société > Documents d'actualité >Société
n° 1 dans Livres > Actu, Politique, Société > Documents d'actualité > Politique française
n° 1 dans Livres > Actu, Politique, Société > Documents d'actualité > Grands conflits et géopolitique > Géopolitique

– **Communiqué de Presse : Élysée**
Le président de la république, Monsieur Gérard larcher, a signé le décret pour l'entrée immédiate d'Emmanuel Macron au Panthéon.

– Interview exclusive : *Le Nouveau Détective* –
Jean-Patrick : « Barnerie m'a dit qu'il travaillait pour les services secrets, qu'il surveillait Kamel H., notre chef. C'était une semaine avant le drame. Il était totalement ivre et possédé. Je crois qu'il était profondément dérangé. »

– **France 2 : Télématin**
Révision des procédures de sécurité aux cuisines de l'Élysée : la question du goûteur

– **Conférence de presse : En Marche !**
Christophe Castaner : à titre personnel, je ne suis pas favorable à un ticket Brigitte Macron/François Bayrou. Mais nos militants trancheront.

– **Sondages : Ipsos**
Vers un 2nd tour Brigitte Macron /Jean-Luc Mélenchon ?
BM : 34 %
JLM : 21 %
LW : 14 %
MLP : 13,5 %
FB : 8,5 %
OF : 4,5 %
PP : 4,5 %

– **En Une : Slate.fr**
EELV : Pas de candidats contre 30 circonscriptions garanties par EM/Les petites tractations de Castaner

– **Sondages : Harris Interactive**
François Bayrou crédité de seulement 7 %

- **Twitter : Arnold ✔**
@Schwarzenegger
La France doit continuer à montrer au monde la voie de la liberté et du respect de la planète. Vive Brigitte Macron !
421 Retweets **82** J'aime
17 h 22 - 22 nov. 2018

– Manchette de presse : *L'Express* -
« Les socialistes sous les 5 % (IFOP) ! Une candidature entraînerait la faillite et la mort du parti de Léon Blum et Jean Jaurès. »

– En Une : *Paris-Match* -
« Brigitte Macron : et si c'était elle ? »

– Manchette de presse : *Le Nouvel Observateur* -
« Mort de Macron et maladie professionnelle : bourde de Philippe Poutou ou stratégie délibérée ? »

* * *

Jour 9
– La mare aux canards : *Le Canard enchaîné* -
« Appel secret Wauquiez/Larcher : allô Gérard ? C'est Laurent. Tu me vires direct la Brigitte Machin des appartements de l'Élysée. »

– Le blog de Jean-Marie Le Pen : www.jeanmarie-lepen.com
Marion, La France attend sa nouvelle Jeanne d'Arc !

– Manchette de Presse : *L'Express* -
« Emmanuel Macron et John Fitzgerald Kennedy : les similitudes de deux destins hors du commun »

– RTL : Matin
Florent Philippot : L'effondrement de Marine Le Pen est la conséquence d'une erreur stratégique et d'une obstination tactique ; sa faillite idéologique d'une part et son entêtement à barrer la route à Marion Maréchal – d'autre part.

– Manchette de presse : *Le Monde* -
« La capitalisation boursière de la firme américaine Apple franchit le seuil des 1 000 milliards de dollars »

France Info : L'Interview politique
Jean-Michel Aphatie : Bruno Le Maire, vous êtes en train de nous dire entre les lignes que tout le monde a sous-estimé le réel pouvoir de nuisance de Gérard Collomb, fidèle d'entre les fidèles du couple Macron, ainsi que ses capacités de manœuvrier hors-pair ?

* * *

Jour 8
– **La chaîne Histoire : documentaire**
De Néron aux Médicis : les empoisonnements célèbres

– Manchette de presse : *Libération* -
« En privé, Hollande et Sarkozy se voient en recours »

– **TF1 : Les titres du 20 h 00**
#RIPEM : avec Juliette, l'adolescente qui a inventé le hashtag le plus célèbre de tous les temps

– **Twitter : Jean-Jacques Bourdin** ✔
@JJBourdin_RMC
Mais qui est l'introuvable complice d'Olivier Barnerie, ce soi-disant Franco-Turc qui se fait appeler Fayçal Şahin ? #BourdinDirect
123 Retweets **546** J'aime
08 h 22 - 20 nov. 2018

– **Le Média : www.lemediatv.fr**
D'après les services de renseignements israéliens, Daesh a appelé ses soldats à ne plus rejoindre la Syrie et à pratiquer des empoisonnements massifs dans les centres commerciaux occidentaux dès septembre 2017.

* * *

Jour 7
– **Mediapart : www.mediapart.fr**
La Une /France-Enquête : les failles de la sécurité présidentielle

– Manchette de presse : *Bild* -
« Merkel favorable a un feu vert de l'ONU avant toute intervention militaire terrestre en Syrie »

– **Twitter : Donald J. Trump** ✔
@realDonalTrump
Les États-Unis d'Amérique vont raser l'État islamique. Nettoyer la planète de ces cafards est notre seule et unique priorité. #RIPEM
45 463 Retweets **12 598** J'aime
14 h 21 - 19 nov. 2018

– Manchette de presse : *Le Monde* -
« Daesh : un État moribond avec de fortes capacités opérationnelles »

– Manchette de presse : *Challenges* -
« La sécurité d'Emmanuel Macron fragilisée par le licenciement forcé d'Alexandre Benalla »

* * *

Jour 6
– Manchette de presse : *Russia Today* -
« Poutine : La dernière heure des bouchers d'Allah doit sonner »

– **France 5 : C Polémique**
Pourquoi les élections présidentielles auront lieu le 6 et le 20 janvier 2019

– Manchette de presse : *Le Journal du Dimanche* -
« Le cas Poher : portrait de l'homme qui a été deux fois président par intérim »

– Manchette de presse : *Le Parisien* -
« Abu Rayyan Al-Baljiki : nouvelle star du terrorisme islamique »

– **Le Gorafi : Politique**
À Bordeaux, Alain Juppé prépare sa candidature à la présidence de la République

– **Carrément Brunet : BFM**
En finir avec Allah

– **France 2 : 20 h 00**
Très vives tensions avec la communauté musulmane au quartier de Lupino à Bastia

* * *

Jour 5
– Manchette de presse : *The Washington Post* -
« La strychnine, dernière importation russe des salafistes »

www.voltairenet.org
La victoire d'Israël et des faucons de Netanyahu (par Thierry Meyssan)

– En Une : *Libération* -
« Qui es-tu Abdelkader le Français ? »

– Tribune-Opinion : *Le Monde* -
« Bernard Henri-Lévy : D'Adolf Hitler à Allah, les permanences du fascisme brun et du fascisme vert »

– **Facebook : Marine Le Pen** ✔
@MarineLePen
J'appelle tous nos compatriotes musulmans à descendre dans la rue pour clamer leur attachement à la nation française !
Vues : 1 234 Ko J'aime : 243 649 Partages : 35 412

– Manchette de presse : *Marianne* -
« Ces islamophiles qui ont tué Macron »

* * *

Jour 4
CNEWS : Le Journal
Abu Rayyan al-Baljiki : le commanditaire est originaire de Molenbeek

– Manchette de presse : *Psychologie Magazine* -
« Olivier Barnerie, la résurgence du père »

RFI : Les Titres
Les défaites militaires de Daesh n'abaissent pas la menace en France

Europe 1 : L'invité politique
Patrick Cohen à François Bayrou : Vous voulez dire qu'avec cet assassinat, Emmanuel Macron devient à tout jamais le JFK français ?

– Manchette de presse : *Le Figaro*
« Drapeaux étrangers de sortie et scène de liesse au Mirail à Toulouse pour la mort du président français »

– **France Inter : Géopolitique (Bernard Guetta)**
Percée des dernières forces kurdes : et si la Turquie était la grande perdante de la redistribution des cartes ?

– **Zone armée : ww. opexblog.com**
La dernière bataille de Mayadin, zone retranchée de Daesh

* * *

Jour 3
– En Une : *Valeurs actuelles* -
« Au nom d'Allah : Macron assassiné »

– En Une : *Le Point* -
« Impensable ! »

– **Twitter :**
@FDESOUCHE
140 terroristes ont frappé la France : 100 % de musulmans, 80 % de musulmans de naissance
623 Retweets **453** J'aime
13 h 03 - 14 nov. 2018

– Les titres : France Info -
« Le village de Saint-Martin-du-Var sous le choc »

– En Une : *Le Nouvel Observateur* -
« La France touchée au cœur »

– **Sputnik**
Vladimir Poutine : Il faut en finir une fois pour toutes avec Daesh et rétablir un État de droit en Syrie

– Manchette de presse : *Les Échos* -
« Chute vertigineuse du CAC 40 : -12 % »

– Manchette de presse : *L'Humanité* -
« Olivier Barnerie VS Abdelkader Al-Faransi : l'incroyable parcours d'un identitaire devenu terroriste islamique »

– **www.lopinion.fr/blog/securiteinterieure**
« Des bombes à retardement dans tous nos quartiers »

– En Une : *La Repubblica* -
« L'Europe perd son fils prodigue »

* * *

Jour 2
– En Une : *Libération* -
« Les Français unis dans la rue »

– Manchette de presse : *Le Parisien* -
« 700 000 personnes bravent l'interdiction de la préfecture et se réunissent sur les Champs-Élysées »

– **I-Télé : Édition spéciale**
rétablissement de l'état d'urgence

– *Charlie Hebdo :* dessin (Marine Le Pen à genoux vers La Mecque)
« Marine Le Pen remercie officiellement les soldats du Califat »

– **www.20minutes.fr**
Ce que l'on sait d'Olivier Barnerie alias Abdelkader Al-Faransi

– Manchette de presse : *Le Monde* -
« 100 000 New-Yorkais à Time Square pour Macron »

– **www.egaliteetreconciliation.fr**
Les attentats terroristes islamiques ont causé plus de 2 500 morts en Europe depuis 2011

— Manchette de presse : *Ouest-France* -
« Rassemblement spontané devant la villa des Macron au Touquet »

— En Une : *Le Figaro* -
« Toutes les larmes de la France »

— Fox News : Macron Murdered
Fayçal Şahin : WANTED !

* * *

Jour 1
— En Une : *le Dauphiné libéré* -
« L'effroi »

— En Une : *Le Figaro* -
« Ils ont assassiné Emmanuel Macron »

Facebook :
@fab-le-francais
ILS TUE LE PRESIDENT ET REMPLISSE LES VENTRE DE NOS FEMME ET TS LES JOURS

— En Une : *Le Monde* -
« Emmanuel Macron assassiné, Gérard Larcher Président »

— En Une : *Libération* -
« Emmanuel Macron assassiné »

LCI : Édition spéciale
En direct de l'Élysée : Macron assassiné

— Manchette de presse : *Libération* -
« Gérard Larcher : président de la République »

– **TF1 : Édition spéciale**
Emmanuel Macron assassiné : le choc

– Manchette de presse : *Le Parisien* -
« Des milliers de bouquets de fleurs devant les grilles de l'Élysée »

– **www.la-croix.com**
Le déroulé des faits

Jour 0
AMAQ : revendication officielle (5 h 02/GMT +1)
L'auteur de l'assassinat du président de la Fance Emanuel Macron est Abdelkader Al-Faransi et c'est un combattant de l'État Islamique. La France paie pour nos frères assassinés. Nous punirons encore et toujours les ennemis d'Allah. Le combat ne fait que commencer.

Lundi 12 novembre 2018

ALERTE INFO : nique la police !

France
À partir de 07 h 01 (heure locale)

Myriam posa le petit Adrien dans le parc. Elle monta le son de son vieux radiocassette Radiola. Myriam écoutait RTL. Elle était assistante maternelle. Elle gardait les mômes. Adrien arrivait toujours le premier. Le père de Kylian et Dorothée était toujours à la bourre. La sonnette fit ding-dong. Ça résonna comme dans une cathédrale dans la maison Le Bon Constructeur. Myriam ouvrit la porte. Kylian fonça au tracteur à roulettes. Son père fourgua Dorothée dans les bras de Myriam. Il s'excusa, se tira. Myriam s'assit avec la petite sur le canapé d'angle convertible de chez But. François Molins commença à parler dans le radiocassette Radiola. Myriam pleurait. À Sainte-Pazanne.

Aurélien se rasait dans la salle de bains. Son iPhone X était calé sur le porte-savon. Sa grande était dans la chambre. Elle s'appelait Daphnée. Sa meuf était dans le salon. Elle filait le sein à la petite. La petite s'appelait Lucie. Sa meuf s'appelait

Merim. Elle était franco-algérienne. Aurélien avait creative pool à 20 h 15. La séance du lundi se tenait au centre de fitness avec les trois associés de 477 %. Ils avaient trouvé le nom de leur boîte au centre de fitness de Réaumur-Sébastopol. Ils étaient nés en 1977. Ils faisaient dans le design. Leur kif, c'était d'être du bon côté de la force, d'être #77forever. Le lundi, ils prenaient un trait de C, trempaient leurs culs dans l'eau tiède du jacuzzi, devenaient des artistes. C'était une méthode comme une autre pour gagner deux cent cinquante mille euros annuels. Le procureur de Paris se racla la gorge dans l'iPhone X. À Paris.

Franck, Jean-Claude et Jessica buvaient leur café Chez Sylvie. Le téléviseur LG braillait l'édition spéciale de BFM dans un silence assourdissant. Franck et Jean-Claude étaient artisans. Ils bossaient sur le même chantier à Lyon. Une résidence étudiante vers Monchat. Franck était plaquiste, Jean-Claude électricien. Jessica était vendeuse à La Halle aux vêtements, celle de Pierre-Bénite. Franck et Jean-Claude reluquaient les fesses de Jessica tous les matins. Jessica était blonde. Jessica commanda un autre café à Sylvie. Franck et Jean-Claude ne lui matèrent pas le cul. Franck et Jean-Claude mataient Apolline de Malherbe. Ils avalaient ses paroles. Jessica lorgna en direction de Rachid. Rachid avait cinquante-deux ans. Il se défonçait avec de la piquette des côteaux-dulyonnais. François Molins était debout derrière deux micros dans le téléviseur LG. François Molins portait un costume gris, une chemise à carreaux, une cravate noire. Il arborait un ruban rouge de deux millimètres sur le revers gauche de sa veste. Jessica le repéra tout de suite. Tout le bar voulait entendre le procureur de Paris dans le téléviseur. À Oullins.

Noémie était calée dans une rame de la ligne 2. Elle avait pris le métro à la station CH Dron. Comme une lionne. Les écouteurs de son Galaxy S5 étaient enfoncés dans ses oreilles. Noémie se gratta le crâne. Elle s'était rasée à trois mill avec la QP 6520/30 OneBlade de son keum. Elle avait trois piercings dans la narine droite et deux dans le sourcil gauche. Elle essayait de visionner France 2 en direct. La connexion était mauvaise. La connexion s'interrompit à nouveau. Elle en prit pour quarante-deux secondes de publicité pour La Banque postale. Un barbu était assis en face d'elle. Le barbu avait glissé un sac de sport sous son siège. Noémie rongea l'ongle de son pouce droit jusqu'au sang. Les sacs de sport inspiraient le carnage. Les barbus avaient le droit de vivre. Ils ne faisaient rien de mal. François Molins avait un petit accent montagneux, la dureté des Pyrénées. François Molins parla dans le Samsung S5. Noémie ferma les yeux et inspira à fond. C'était plus fort qu'elle. Elle avait les foies. Dans le métro. En face d'un type qui s'appelait Nordine. Avec *That's My People* et le flow de Joey Starr dans les tympans. À Lille.

Oh, ah, oh-ah. Oh, ah, oh-ah. Oh, ah, oh-ah !

Aurélien, Franck, Jean-Claude, Jessica, Noémie, Myriam et la France entière écoutaient François Molins.

Je voudrais vous indiquer que je fais ce point presse, plus précisément cette déclaration, d'un point de vue sémantique, accompagné du directeur central adjoint de la Police judiciaire, du directeur de la Police judiciaire de Paris et du directeur de la Direction générale de la sécurité intérieure, M. Laurent Nuñez, que je remercie de sa présence et qui n'a par ailleurs eu de cesse de tous nous avertir depuis sa nomination que la volonté de Daesh de nous attaquer était intacte. Notre pays a déjoué plusieurs attentats terroristes cette année.

François Molins but une gorgée d'un gobelet en plastique transparent de trente-trois centilitres. Dans le radiocassette Radiola. Dans l'iPhone X. Dans le téléviseur LG. Dans le Galaxy S5.

Mesdames, Messieurs,
La lutte contre le terrorisme est une préoccupation de tous les instants pour chacun. L'autorité judiciaire, en lien permanent avec les services de renseignements et les services de la Police judiciaire concernés, c'est-à-dire la sous-direction antiterroriste de la Direction centrale de police judiciaire, la section antiterroriste de la brigade criminelle de la Police judiciaire de Paris, est entièrement mobilisée, depuis des mois, pour faire face à une menace toujours plus forte et imminente. Je voudrais évidemment associer le RAID qui nous a encore été d'un appui précieux durant la nuit comme vous avez pu le suivre en direct à la télévision, suite à la décision du terroriste de se faire exploser. Nous n'avons aucune victime à déplorer puisque le petit

pavillon qui lui servait de QG au Blanc-Mesnil était relativement isolé des autres habitations.

Avant d'entrer dans le déroulé des événements, je veux d'abord avoir un message de sympathie envers les proches de notre président, car je pense avant tout à leur souffrance, à son épouse, à tous les membres de sa famille. C'est évidemment un tournant de notre histoire, et je pèse chacun de mes mots. Mais le Parquet est tout à sa tâche qui est de mener une enquête en mobilisant l'ensemble des moyens face à ces circonstances exceptionnellement graves pour nos institutions et notre République. Je veux aussi appeler la presse, les télévisions, tous les médias, à une forme de prudence quant aux informations qui sont rendues publiques car ma seule préoccupation est le bon déroulé de l'enquête.

À l'heure où je vous parle et comme l'a annoncé la présidence de la République dans un communiqué officiel, nous déplorons depuis 04 h 42 le décès du président, Monsieur Emmanuel Macron.

Ce bilan est si l'on peut dire définitif dès lors que le président était la cible unique et exclusive. Je vais évidemment y revenir, dans le détail, pour que chacun puisse comprendre de quelle façon le chef de l'État a pu être atteint, dans le respect évident de notre sécurité nationale, après concertation avec les services compétents de la présidence, en particulier le GSPR, mais aussi le Premier ministre, la garde des Sceaux, le ministre de l'Intérieur et celui de la Défense, et dans le respect évident de l'indépendance de l'autorité judiciaire qui mène l'enquête avec le professionnalisme que vous lui connaissez.

Les attentats terroristes que nous redoutons tous frappent durement notre pays depuis les tueries de

Mohammed Merah à Toulouse et Montauban en mars 2012.

Ces attentats terroristes ont donc frappé le sol français à nouveau hier, en fin de journée.

Face à la gravité de l'acte dont l'objectif était d'atteindre le cœur de notre démocratie, nous sommes plus que jamais déterminés. J'ai pour ma part au sein du parquet de Paris activé hier en fin de journée le dispositif de cellule de crise qui permet de mobiliser non seulement les effectifs de magistrats et de greffiers de la cellule anti-terroriste mais aussi l'ensemble des magistrats du parquet de Paris afin de pouvoir coordonner l'ensemble des investigations, et vingt-trois d'entre eux sont depuis hier à pied d'œuvre. J'ai ouvert comme je l'ai indiqué cette nuit par communiqué de presse une enquête en flagrance des chefs d'assassinat en relation avec une entreprise terroriste, ainsi que pour association criminelle de malfaiteurs terroristes, enquête confiée à la DCPJ et à la section criminelle anti-terroriste de la PJ de Paris. Au regard de la nature des faits incriminés et de la mise en cause évidente de notre sécurité nationale, puisque c'est notre chef des armées, en plus de l'État tout entier, qui a été visé, la DCPJ a été désignée comme service coordinateur des opérations et la DGSI sera étroitement associée. Des dizaines d'enquêteurs sont à l'heure où je vous parle déjà mobilisés sur le terrain.

Les investigations diligentées depuis hier soir me permettent de porter à votre connaissance les éléments suivants dont vous comprendrez qu'ils sont à ce stade limités même si la neutralisation de l'auteur principal présumé a été actée à 07 h 21 par les équipes du RAID, l'assassin présumé ayant préféré déclencher, vraisemblablement une ceinture d'explosifs, avant que les policiers ne se rendent sur place.

L'enquête ne fait pour l'instant que commencer pour bien comprendre ce qui s'est passé sur la scène de crime et il importe à ce stade, de façon impérieuse, j'insiste, de façon im-pé-rieuse, de préserver le secret de certaines investigations, ne serait-ce que pour la sécurité du président de la République par intérim, Monsieur Gérard Larcher.

François Molins but deux gorgées du gobelet en plastique transparent de trente-trois centilitres. Il reprit son souffle. Dans le radiocassette Radiola. Dans l'iPhone X. Dans le téléviseur LG. Dans le Galaxy S5.

Nous savons, avec certitude, grâce aux expertises toxicologiques, que le président de la République a été empoisonné et que le poison utilisé est la strychnine.

Il ressort des premiers éléments exploités, témoignages, exploitation de la vidéo-surveillance, fouille du domicile de l'auteur présumé au Blanc-Mesnil, exploration de son matériel informatique, de ses téléphones, que vendredi matin, le 9 novembre, à 11 h 22, le terroriste, qui était employé d'une société de confiseries dont je ne peux vous donner le nom, a effectué une livraison habituelle aux cuisines de l'Élysée, à bord d'un scooter PCX 125 de marque Honda.

Cette livraison concernait des chocolats qui ont été placés comme demandé par le président de la République dans son bureau par le personnel de l'Élysée. Le président de la République aurait ingéré trois morceaux de chocolat provenant de son fournisseur habituel, après avoir mangé une collation avec son épouse dans les appartements privés de la présidence. Il aurait ingéré cette confiserie alors qu'il était retourné seul à son bureau pour travailler à 17 h 37.

Le corps du président a été retrouvé inerte et visiblement sans vie par son chef de cabinet, Monsieur François-Xavier Lauch, plus de trois quarts d'heure après, à 18 h 28. La strychnine, d'après les premières analyses opérées sur la confiserie, était en quantité très importante et donc suffisante pour que l'ingestion d'une très faible quantité constitue déjà une dose létale.

Après auscultation rapide par le chef du service médical de la présidence, suspicion d'empoisonnement et constatation de la perte des fonctions respiratoires et cardiaques, décision a été prise dès 18 h 32 d'un transfert à l'hôpital militaire du Val-de-Grâce, établissement spécialisé en toxicologie distant de 5,4 kilomètres, situé boulevard de Port-Royal, dans le 5e arrondissement.

Ce déplacement s'est opéré en véhicule médicalisé, véhicule dans lequel il a été procédé à un massage cardiaque entre 18 h 36 et 18 h 41. Le président de la République est entré dans l'enceinte de l'hôpital à 18 h 43 et tout a été évidemment tenté par les équipes médicales du Val-de-Grâce pour le ramener à la vie au bloc opératoire mais il était malheureusement déjà trop tard.

À ce stade des investigations, nous pouvons affirmer qu'un individu isolé mais sans doute très soutenu depuis l'étranger a agi seul et mené l'opération terroriste symboliquement la plus puissante depuis le 11 septembre 2001.

Cet individu était inconnu des services de police et des services de renseignements.

Après le suicide de l'auteur de ce crime, crime d'une nature je le précise inconnue en France depuis l'assassinat du président Paul Doumer le 6 mai 1932, l'enquête va désormais s'attacher à retracer le parcours du terroriste, ses motivations, le financement de l'opération mais aussi les liens entretenus avec ses commanditaires et les équipes supports extranationales ou d'éventuels complices sur notre territoire. Nous envisageons évidemment des complicités en Syrie, où Daesh a encore quelques positions. Malgré la faiblesse de l'État islamique, il conserve de vraies capacités opérationnelles et cet attentat d'une ampleur exceptionnelle semble avoir été pensé par un chef de Daesh en Syrie. Son nom de guerre est Abu Rayyan Al-Baljiki.

François Molins but trois gorgées du gobelet en plastique transparent de trente-trois centilitres. Il reprit son souffle. Dans le radiocassette Radiola. Dans l'iPhone X. Dans le téléviseur LG. Dans le Galaxy S5.

Au regard des multiples actes d'investigation des services de police que j'ai saisis et dont je tiens à souligner le plein investissement et le grand professionnalisme, grâce à la coopération internationale déjà engagée avec nos indispensables interlocuteurs étrangers dans le cadre de notre lutte contre le terrorisme, je peux vous informer sur les avancées déjà obtenues et notamment l'identification du terroriste.

Je peux vous donner les éléments suivants :

Daesh a revendiqué officiellement par son canal habituel, l'agence AMAQ, l'assassinat du président de la République à 05 h 02, soit quelques minutes seulement après que l'Élysée a elle-même communiqué. Cet élément ne laisse planer aucun doute sur la nature de l'acte commis qui peut être qualifié d'acte terroriste commis par l'État islamique.

Au-delà du nom de guerre donné lors de la revendication officielle, Abdelkader Al-Faransi, le terroriste auteur de l'empoisonnement présumé du président de la République a été formellement identifié après relevé de traces papillaires à son domicile et prise d'une empreinte digitale partielle sur deux morceaux de doigts retrouvés dans le salon de son appartement, mais aussi dans l'appartement, en particulier sur des armes à feu dont trois fusils d'assaut et cinq armes de poing semi-automatiques. Si le nom d'Abdelkader Al-Faransi est inconnu des services de police, nous savons que le terroriste qui s'est fait exploser au Blanc-Mesnil est un individu né le 12 février 1987, à Saint-Martin-du-Var dans les Alpes-Maritimes, inconnu de la justice, je le répète, avec un casier judiciaire ne portant mention d'aucune condamnation de droit commun et n'ayant fait l'objet d'aucune fiche S, sans lien apparent avec la mouvance salafiste. Le nom d'état civil du terroriste est Olivier Barnerie.

François Molins but quatre gorgées du gobelet en plastique transparent de trente-trois centilitres. Il reprit son souffle. Dans le radiocassette Radiola. Dans l'iPhone X. Dans le téléviseur LG. Dans le Galaxy S5.

Au regard de l'examen du disque dur de son ordinateur portable et de ses téléphones portables, et après de premières investigations sur la Côte d'Azur, nous savons qu'il était proche durant son adolescence de mouvements identitaires niçois et que sa radicalisation et son ralliement au salafisme islamique se seraient opérés très rapidement via les réseaux sociaux. Le chef de guerre de Daesh Abu Rayyan Al-Baljiki aurait été à la manœuvre pour radicaliser le terroriste. Olivier Barnerie était passionné d'informatique, vivait et travaillait dans la région parisienne, y ayant trouvé un travail de chauffeur-livreur chez l'un des fournisseurs de la présidence de la République il y a quelques mois. Après analyse de son passeport, il aurait vraisemblablement effectué deux voyages à l'étranger. Mais ces éléments restent à consolider avec les douanes et nos partenaires étrangers.

Voilà les premiers éléments que je souhaitais porter à votre connaissance.

Je vous remercie de votre attention. Je vais prendre deux-trois questions pas plus. Je vous répète que nous sommes au tout début de l'enquête et que vous serez bien évidemment tenus informés de son avancée.

Les journalistes s'agitèrent. Les mains se levèrent. Il y eut du brouhaha. Dans le radiocassette Radiola. Dans l'iPhone X. Dans le téléviseur LG. Dans le Galaxy S5.

Lundi 12 novembre 2018

NO FUTURE : le casse du siècle

Paris
À partir de 04 h 03 (heure locale)

Édouard Philippe était positionné à sa place habituelle, au milieu de l'immense table du Conseil des ministres. Il s'était assis ici par stratégie. Édouard Philippe calculait tout. Rien n'était gratis. Gérard Collomb lui faisait face, debout derrière la chaise du président, juste à côté de la sienne. Il s'était posé là par intuition. Gérard Collomb était un sanguin. Il vivait avec ses émotions.

Le salon Murat était sombre. Édouard Philippe passa la main droite sur son front. Il était en sueur. Gérard Collomb l'épuisait. Gérard Collomb était en fusion. Édouard Philippe sortit un kleenex de la poche intérieure de sa veste de costume. Il s'essuya la main. Il l'essuya avec méthode. Édouard Philippe était organisé. Gérard Collomb s'en méfiait. C'était parce qu'il virait ses secrétaires à la chaîne. C'était parce qu'il l'avait sermonné pour son retard du 1er mai. C'était à cause de la barbe. La barbe dissimulait une probable forfaiture. C'était à cause de la Normandie. Ou de Rocard. Ou de Juppé. Que des pisse-froid. Ou d'Areva. Un type qui avait été lobbyiste chez Areva vous la faisait toujours à l'envers. Gérard Collomb suspectait tout le monde. Beauvau n'avait rien arrangé. Édouard Philippe roula sa moustache entre son pouce et son index. Gérard Collomb demanda :

— Mais qui a prévenu tout le monde ?

Édouard Philippe releva la tête. Son nœud de cravate était desserré, ses yeux étaient rouges. Gérard Collomb répéta :

— Qui a prévenu tout le monde ?

— Le SG.

L'iPhone d'Édouard Philippe vibra. Édouard Philippe considéra Gérard Collomb. Il refusa l'appel. Gérard Collomb serra le dossier de la chaise. De toutes ses forces. Gérard Collomb n'aimait pas les sigles. Gérard Collomb n'aimait pas les réponses lapidaires. Édouard Philippe le fatiguait. Le Premier ministre était capable de bouffer des carottes râpées et d'aller à la salle de gym pour soigner sa ligne. Gérard Collomb n'aimait pas ça.

— Mais putain, ces choses-là se gèrent à trois et, encore, c'est un témoin de trop. C'est les technos qui font de la politique dans ce pays maintenant, les technos !

Le Premier ministre souffla. Il secoua la tête. Il replaça ses lunettes pour qu'elles soient parallèles au bord de la table. Collomb était monté sur ressorts. Sa bouche était aussi droite qu'un porte-avions. Il sautillait derrière la chaise. Sa cravate rayée tombait de travers sur sa chemise bleue. Les os de sa mâchoire sortaient de ses joues creusées.

– Quoi, qu'est-ce qu'il y a ?

– Le président est mort, bon sang Gérard, il est mort ! Arrête avec ta politique.

Collomb serra les poings. Collomb balança des coups de pied dans l'air. Il boxa le vide. Il fila jusqu'aux deux fenêtres au fond du salon. Collomb avait les larmes aux yeux.

– Il est mort, je te dis.

Collomb plaça ses mains sur le verre glacé. Il frotta la buée, contempla la nuit. L'autre grand connard croyait qu'il était payé pour annoncer les mauvaises nouvelles dans le calme depuis le jour de sa nomination.

– Mais bordel, ne dis pas des choses pareilles ! Ne dis pas des choses pareilles ! Il va vivre. Il va vivre, je te dis. On n'a pas fait tout ça pour que ça se termine là. Son avenir est ici, là, maintenant. Il va vivre, je te dis.

Gérard Collomb serra le poing droit. Pour se persuader que son président allait revenir d'entre les morts. Édouard Philippe frotta la nappe beige avec le revers de la main. Il mit ses lunettes, ouvrit une sous-pochette bleue.

– Il y a une note en cas de pépin. La procédure à suivre.

Gérard Collomb n'entendait plus. Gérard Collomb n'écoutait plus. Gérard Collomb se tourna. Il monta dans les tours :

– Et pourquoi il a pas invité Hulot pendant qu'il y est ? Hein ? Pourquoi pas inviter Monsieur Hulot ?

Édouard Philippe se leva. Il fit de grandes enjambées, chercha un interrupteur. Il lâcha :

— Écoute, on les a sous la main. Il y a la garde des Sceaux, la ministre des Armées, toi et moi. Calme-toi, maintenant. La France est en vie.

— Et le porte-parole, aussi ? Et puis j'appelle Ferrand et Castaner, et on se fait une grande bouffe ? Il faut stopper ça immédiatement, bon sang. Il va y avoir un ballet de voitures. Tu imagines ? Il faut tout stopper. Immédiatement ! Ça va être ingérable. Qu'est-ce que Sibeth en dit ? Où est Sibeth, bordel ? Il ne faut absolument pas que ça fuite.

Édouard Philippe appuya sur un des six interrupteurs qu'il trouva vers la porte d'entrée. Le lustre central irradia. Son iPhone vibra sur la table. Édouard Philippe retourna à sa place. Il sauta sur son iPhone. Il refusa l'appel. Il renifla, vérifia la distance entre lui et le ministre de l'Intérieur.

— Il faudra bien l'annoncer de toute façon.

— Tu veux nous porter la scoumoune, c'est ça ?

— Mais le médecin a dit 99,9 % de chances qu'il soit mort. Il faudra bien l'annoncer aux Français, faire une allocution, je ne sais pas.

Collomb balança des coups de pied dans l'air. Collomb serra les poings. Collomb boxa le vide. Il essuya ses larmes. Il contourna la table, approcha du Premier ministre. Il hurla :

— Ouais, tu sais pas ! C'est exactement ça. Et le médecin aussi, il en sait rien. Et on se fout du médecin, tu entends ? On attend Brigitte, pigé ? On ne décide rien sans Brigitte ! On attend que Brigitte revienne de l'hôpital ! OK ? On attend Brigitte !

Elle va nous porter une très bonne nouvelle, une très très bonne nouvelle.

L'iPhone d'Édouard Philippe vibra. Édouard Philippe refusa l'appel. Collomb entraperçut deux initiales sur l'écran : LW. Gérard Collomb avait un filtre protecteur d'écran. Édouard Philippe n'en avait pas. Édouard Philippe était un type normal. Il tapait de temps en temps dans un punching-ball. Collomb l'aurait allongé au premier uppercut. L. W. L. W. LW. LW. LW. LW.

Les dorures du salon clignotèrent. Les longs rideaux verts prirent feu. Les chandeliers en cristal crachèrent des flammes. La lave dégoulinait des colonnes. L. Collomb bloqua sa respiration. W. Collomb serra les poings. LW. Il ferma les yeux. Il balança des coups de pied dans la tête du Premier ministre. LW. Il mit un crochet du droit au Premier ministre. LW. L'iPhone d'Édouard Philippe vibra. Collomb ouvrit les yeux. Édouard Philippe refusa l'appel. C'était marqué LW. C'était Laurent Wauquiez. C'était certain. Collomb reprit son souffle. Collomb inspira fort. Il oxygéna ses muscles. Il oxygéna son cerveau. *Chasse le naturel, il revient au galop*. Collomb dit :

– Nous ne sommes rien sans lui. Personne n'est rien sans lui.

La grande porte s'entrouvrit. Brigitte Macron avança. Elle avança vers Gérard Collomb. Gérard Collomb comprit. Gérard Collomb le savait. Édouard Philippe détourna le regard. Gérard Collomb la prit dans ses bras. Il passa l'avant-bras derrière son cou.

Elle posa le front sur son épaule. Gérard Collomb fondit en larmes. Brigitte Macron se redressa. Elle lui murmura à l'oreille :

– C'est un empoisonnement. Il faut faire un communiqué officiel de l'Élysée. Vois avec l'équipe. J'ai donné les premières instructions. Aucune déclaration. De personne. C'est la France qui parle aux Français. Tu valides avec eux. Moi, je reste avec lui.

Brigitte Macron marqua une pause. Brigitte Macron recula. Elle calibra le Premier ministre. Elle agrippa Gérard Collomb aux épaules. Elle le secoua.

– Nous avons besoin de toi. Il a encore besoin de toi. Gérard Collomb se bouffa la lèvre supérieure.

– Mais qu'est-ce qu'on va faire sans lui ?

– Nous allons faire ce qu'il aurait voulu que nous fassions. Nous allons honorer sa mémoire. Il faut que nous soyons forts.

Elle ajouta :

– Les vautours rôdent déjà autour de sa dépouille.

Brigitte Macron fixait le Premier ministre. Le Premier ministre cherchait son destin dans la note rédigée par le secrétaire général de l'Élysée. Le secrétaire général paraphrasait l'article 7 alinéa 4 de la Constitution de la Cinquième République. Son destin était corseté dans une putain de procédure.

– Tu peux compter sur moi, Brigitte. Tu peux compter sur moi. Je te jure que tu peux compter sur moi.

Dimanche 11 novembre 2018

LES MERVEILLES DU MONDE :
la revanche de Saturne

Paris
À partir de 17 h 14 (heure locale)

Manu croqua à pleines dents dans son sandwich à la dinde. Il faisait 21 °C dans la cuisine des appartements du roi de Rome. Manu et Bibi vivaient sous les combles du palais de l'Élysée. Dans l'aile ouest. Comme Bernadette Chirac. Bibi était penchée sur le lave-vaisselle. Manu la regardait faire. Il dit :
– Laisse, je débarrasserai.
Bibi prit deux assiettes dans le lave-vaisselle. Les assiettes s'entrechoquèrent. Elle les posa au sommet de la pile sur la desserte à côté de l'évier. Elle se cala les fesses contre le frigo.
Bibi avait les cheveux attachés en chignon, une robe bleu roi extra-courte, elle était pieds nus. Bibi était délicieuse pieds nus. Bibi plaça les mains devant la bouche. Ses mains s'entrouvrirent. Son nez et sa bouche glissèrent entre ses mains. Elle avait une boule au fond de la gorge.
Quand Manu et Bibi n'étaient pas d'accord, ils crevaient l'abcès. Dès que l'occasion se présentait.

Une fois seuls. Tous les deux. Ils avaient toujours procédé ainsi. Manu se réservait des moments avec elle. Juste pour ça. Pour trancher les désaccords. Sinon Bibi fulminait dans tout le palais. Manu dit :

– Quoi ? Qu'est-ce que t'as sur le cœur ?

Brigitte Macron fit son regard par-dessous. C'était son regard de prof trahie par son meilleur élève. Elle pinça l'ongle de son index droit entre ses dents. Emmanuel Macron ressemblait à un adolescent.

– Tu dois me dire ce genre de choses. Il est convenu entre nous que tu me dis ce genre de choses.

Emmanuel Macron se frotta le bout du nez. Il lui sourit. Il fit comme un clin d'œil. Il avait le coup d'œil subliminal. Il l'avait peut-être appâtée avec sa culture et sa fougue, mais c'était avec son spécial qu'il l'avait harponnée pour toujours.

– Le positif, c'est que je peux manger à cinq heures et demie sans que tu dises rien. Quand même, hein, c'est positif ça, nan ? Je veux dire, c'est un progrès majeur dans notre relation.

Brigitte Macron passa aux verres à pied. Elle en aligna trois sur le plateau, à côté de la pile d'assiettes.

– Je ne suis pas d'humeur badine. Je suis sérieuse, tu sais. Nous parlons de ta vie, là, et donc de la nôtre. Si tu veux t'empiffrer avec cette cochonnerie, c'est ton problème. Mais là, je parle de nous. Pas la peine de me narguer. Ta diversion est grossière. Elle ne marche pas.

Emmanuel Macron s'approcha. Brigitte Macron l'esquiva. Elle le contourna, aligna deux nouveaux verres. Emmanuel Macron pivota. Emmanuel Macron la regarda faire. Il aimait ces moments-là. Macron avait un destin mais Emmanuel était casanier. C'était de regarder une série de merde à côté de sa femme dans le salon du Touquet qui lui manquait le plus. *Rick Hunter* lui manquait. *K2000, L'Agence tous risques.*

— Je n'ai jamais été aussi sérieux, chérie. Il faut juste que tu comprennes que mon job est de me déposséder de moi-même…

Brigitte Macron cambra le dos, releva le menton. Elle dit :

— Te déposséder de toi-même ? Déjà, c'est ma phrase, quand tu étais sur les planches et que tu te cherchais. Et sur la forme, ça sonne faux, horriblement faux… J'ai tout à fait compris ce qu'était ton job. Ne me prends pas en plus pour une conne.

— Oui, c'est vrai, chérie. Mais il dure tout le temps, là, il n'y a jamais de levée de rideau ni de fin du spectacle. Les applaudissements ne comptent pas pour du beurre. Mon personnage est réel. Je joue moi-même maintenant.

— Ce n'est pas parce que Trump a épousseté les pellicules de ta veste de costume qu'il faut prendre la grosse tête.

Emmanuel Macron pensa à l'autre psychopathe qui l'avait tripoté à Washington. Et à toutes les saloperies qui avaient circulé sur Brigitte. La comparaison avec la paire de fesses siliconées de Melania. Le détournement de la photographie du jardin de la maison blanche, quand les communautés ennemies avaient glosé sur les réseaux sociaux, faisant de Brigitte l'épouse de Trump et de Melania sa femme à lui. Pierre-Olivier et Tristan[1] l'avaient protégée au maximum mais Brigitte était trop jalouse de Melania Trump pour qu'Emmanuel Macron en rajoute une couche. Brigitte Macron pensa au piège diplomatique que lui avait tendu Donald Trump et dans lequel Emmanuel Macron était tombé. Le recevoir en rock star quinze jours avant de se retirer de l'accord iranien avait permis de montrer qui était le maître du monde.

Un morceau de dinde à la mayonnaise tomba du sandwich, effleura le revers de la veste d'Emmanuel Macron. Ça lui sauva la mise. Emmanuel Macron se baissa. Il ramassa le bout de dinde. Il le balança dans l'évier.

— Oh bah merde, je me salope tout… T'as raison, tu vois, j'aurais pas dû bouffer ce truc. T'as toujours raison, en fait !

Emmanuel Macron essuya son index droit dans la paume de sa main gauche. Il sourit. Il avait le sourire con, sincère.

— Pas la peine de faire ton tour de charme. Le Mossad dit que tu vas te faire assassiner le 11 novembre !

— Tu sais qui est invité chez Drucker aujourd'hui ?

— On traite le problème une bonne fois pour toutes.

Emmanuel Macron renifla. Il ingurgita le quignon de son sandwich. Il gonfla le buste comme un blanc-bec. Il hocha la tête, fit son regard de côté. Il haussa le ton en contrôlant les aigus :

---

1. Pierre-Olivier Costa et Tristan Bromet sont respectivement directeur et chef du cabinet de Brigitte Macron.

— Le 11 novembre, c'était aujourd'hui. Donc le Mossad se trompe et Gérard fait vraiment chier. Je vais l'appeler et lui passer la branlée de sa vie.

— Ne t'énerve pas, tu chuintes. Tu chuintes toujours un peu quand tu prends tes grands airs.

Elle le jaugea. Elle ajouta :

— Ce n'est pas Gérard qui m'a informée.

— Mais non ? Et mon œil, hein ? Il a informé Caroline qui a informé Bibi ? Arrêtez de le prendre pour un gâteux, il sait parfaitement ce qu'il fait. C'est une information secret-défense, merde. Non mais là, il a dépassé les bornes, il déconne à plein tube. Il est ministre de l'Intérieur avant d'être notre ami. Et il t'a mise dans un état… Je veux dire, on n'effraie pas les gens pour rien. Non mais, regarde le mouron que tu te fais, chérie. J'en ai plein le cul de lui, là, vraiment.

Emmanuel Macron approcha. Il lui saisit les deux poignets. Il colla son front sur le sien. Il lui murmura dans l'oreille :

— C'est la trinité, chérie. J'ai bravé la mort et j'en ai la preuve. Je suis devenu président de la République, je me suis marié avec ma prof et j'ai bravé la mort. Je suis un dieu de l'Olympe.

Elle le repoussa.

— T'es vraiment con… Et irrévérencieux.

— C'est ce que tu as toujours aimé chez moi.

Emmanuel Macron enroula Brigitte aux épaules. Il l'embrassa avec la langue.

— Ça et mes mains. Elles sont bien mes mains. J'aime bien mes mains. Toi, aussi, pas vrai ?

— Mais ils préparent un attentat contre toi !

Emmanuel Macron fila vers l'évier. Il fit couler un filet d'eau. Il goûta la température avec les doigts. Il se pencha, but une goulée. Il s'essuya la bouche avec le revers de la main.

— Les services regardent ça de près et ma sécurité a été renforcée.

— Mais ils ont repéré un type… et il n'y a pas plus Alexandre.

Emmanuel Macron monta le ton pour éviter le sujet Benalla :

— Mais rien du tout ! Ils ont un ridicule nom de guerre arabe, un mec qui serait allé en Mauritanie et en Turquie et qui soutiendrait sur je ne sais quelle messagerie cryptée que ça sera fini pour moi le 11 novembre. Et ils ont pas su me dire qui c'était, où il vivait ? Me décliner son identité ! C'est la cinquième fois qu'ils me font le coup. Avec cinq personnes différentes. La seule nouveauté, c'est le Mossad et la date. La dernière fois, le gars était fiché S. Et il a rien fait du tout. Arrête de t'inquiéter. On a un pays à faire tourner nous, on ne fait pas de la cryptologie. On les laisse dans leur crypte et on avance.

Il claqua dans ses mains, ajouta :

— Un monde à conquérir, chérie ! Allez, à cheval !

Brigitte Macron l'attrapa par la main alors qu'il se dirigeait vers la porte.

— Tu étais beau quand tu as ravivé la flamme de la tombe du Soldat inconnu. C'était un moment de grâce. J'étais terrorisée mais j'ai vu l'Histoire en toi.

Il essuya une larme sur sa pommette.

— Ne t'inquiète pas trop. Je vois bien le truc, tu sais. Il ne faut pas écouter tout ce que disent les mecs de la sécurité. Regarde Hollande. Il a écouté les mecs de la sécurité ? Eh ben il est mort. Et il faut encore moins croire tous les bruissements des services secrets. Ces gens sont des paranoïaques. Qu'est-ce qu'ils disent ? Je vais te le dire. Ils nous racontent leurs cauchemars. Ils cherchent dans la réalité les indices de leurs propres cauchemars. Et ils les trouvent toujours parce qu'ils veulent que leurs cauchemars existent, qu'ils soient vrais. Le Mossad ne travaille pas pour Emmanuel Macron, chérie. C'est les plus paranoïaques de la bande. Ils travaillent pour leur pays, les intérêts de leur pays. On ne va pas se laisser entraîner dans ce genre de trucs. Netanyahu m'a appelé ? Non. C'est une note, chérie, un blanc. Je suis vivant. Touche-moi. Regarde, je suis vivant. Le président de la République ne sera jamais en sécurité ? Oui, c'est vrai. T'es pas idiote, t'es plus intelligente que moi. Tu l'as toujours su. Nous le savons. En même temps, Emmanuel Macron est vivant. Le 11 novembre est passé et Emmanuel Macron est vivant.

Brigitte Macron se dressa sur la pointe des pieds. Elle fit claquer un smack sur ses lèvres.

— Ne sois pas trop dur avec Gérard.

— Il voulait annuler le 11 novembre, quand même. Et mes deux déplacements de la semaine.

— Gérard tient à toi. C'est le seul à avoir de l'affection pour toi.

— Très bien. Formidable ! Mais il faut garder la tête froide, et le sang aussi. Je vais pas me déballonner au premier orage.

Manu recula de deux pas. Bibi le retenait encore par le bout de l'annulaire.

— On en reparle plus au calme si tu veux.
— Non, ça va, ça va.

Bibi retourna au lave-vaisselle. Elle se courba sur le panier à couverts. Bibi était belle comme un pétard qui n'attend plus qu'une allumette. Manu sautilla jusqu'à elle. Il lui administra une tape sur les fesses. Bibi se redressa. Elle dit :

— Tu n'as pas le droit de faire ça. Je pourrais te balancer pour machisme avéré.

— Pas après onze ans de mariage !

Bibi sourit. Manu ouvrit le frigo. Il attrapa un Snickers dans la contre-porte. Bibi le lui chipa des mains.

— Tu sors ça d'où ?

— Mais c'était dans le frigo !

— Ça ? Dans notre frigo ? Mais qu'est-ce que ça fout dans le frigo ? C'est de la junk food !

Manu haussa les épaules et quitta la cuisine. Il sortit de l'appartement privé de la présidence. Il avança d'un pas vif dans un des longs couloirs du palais. Il descendit au premier, vira à gauche en direction de son bureau. Le salé ne le rassasiait jamais. Il lui fallait du chocolat ou un machin comme ça. Bibi balança le Snickers à la poubelle.

Jeudi 9 novembre 2017

LA MORSURE DU SCORPION : Opération Locuste

Villejuif
À partir de 09 h 11 (heure locale)

Il ouvrit le compte Telegram d'Abdelkader Al-Faransi et vérifia si Abu Rayyan Al-Baljiki avait lu son dernier message. Abu Rayyan Al-Baljiki n'avait pas lu son dernier message. Son dernier message disait : « *Je suis prêt. Emmanuel Macron sera mort pour dimanche. Inch'allah. Je vais le tuer, mon frère. On se retrouve au paradis. Allahu akbar !* » Il relut le message d'Abu Rayyan Al-Baljiki du 25 octobre. Le 25 octobre, Abu Rayyan Al-Baljiki avait écrit : « *Si tu réussis mon frère, tu auras un grand palais, un cheval aux ailes d'or et une montagne de rubis. Inch'allah. Tu seras au paradis.* » Il relut le message d'Abu Rayyan Al-Baljiki du 11 octobre. Le 11 octobre, Abu Rayyan Al-Baljiki avait écrit : « *Je te retrouverai au paradis, mon frère. Inch'allah. Mes femmes nous y attendent, avec des anges comme serviteurs. Tu vas t'élancer vers la lumière et nous montrer le chemin. Et le prophète te fera roi des rois.* »

Il relut le message d'Abu Rayyan Al-Baljiki du 10 septembre. Le 10 septembre, Abu Rayyan Al-Baljiki avait écrit : « *Inch'allah. 72 houris t'attendent, mon frère. Des femmes pures, restées vierges pour toi.* » Il relut le message d'Abu Rayyan Al-Baljiki du 30 août. Le 30 août, Abu Rayyan Al-Baljiki avait écrit « *Tu te baigneras dans des rivières de vin, de miel et de lait. Plus de soucis pour les tiens. Plus d'épreuves ici-bas. Inch'allah.* » Il relut le message d'Abu Rayyan Al-Baljiki du 31 juillet. Le 31 juillet, Abu Rayyan Al-Baljiki avait écrit : « *Ta famille t'attend, elle chante ton nom. Et tous les tiens te retrouveront dans la jouissance et le bonheur sans fin.* » Il ferma le compte Telegram d'Abdelkader Al-Faransi. Il rangea le Black-Berry DTEK 60 dans son étui et plaça l'étui dans l'attaché-case en aluminium ouvert sur le siège passager de l'Audi Q5.

Dans l'attaché-case, il y avait : les factures du BlackBerry et de la ligne Free. Les factures avaient été établies le 2 avril au Free Center de Paris au nom d'Olivier Barnerie. Le BlackBerry et la ligne Free avaient été payés avec une carte Visa. Dans l'attaché-case, il y avait : une carte Visa. La Visa correspondait à un compte de la DenizBank. Le compte avait été ouvert à Mardin, le 27 mars, lors du voyage d'Olivier Barnerie en Turquie, à la frontière syrienne. Le compte en banque était crédité de 104 214,71 nouvelles livres turques[1]. Dans l'attaché-case, il y avait : un ordinateur Asus

---

1. Soit plus de 20 000 euros.

ZenBook plus. L'ordinateur avait été acheté sur le site Rue du commerce avec la carte Visa de la DenizBank.

Il sortit son iPhone de la poche intérieure de son blouson en cuir. Olivier Barnerie avait du retard. Il recula son siège au maximum et ouvrit l'application Candy Crush. Il quitta ses gants et attaqua le cent-vingt-quatrième épisode du *Monde Réel*. Il franchit les sept premiers niveaux et se fit lessiver au huitième.

Le scooter Honda PCX 125 se gara à côté de l'Audi Q5 sur le parking d'Inter Decor, en face du Carrefour de Villejuif. Olivier Barnerie coupa le moteur et entrouvrit la visière de son casque intégral. Il ouvrit le coffre isotherme du scooter. Il en sortit un carton noir. Les portes du Q5 se déverrouillèrent. Il ouvrit la portière avant. Le colonel Grimandi s'excitait sur son iPhone. Un attaché-case en aluminium était ouvert sur le siège passager.

– Excuse-moi.

Le colonel Grimandi dit :

– Une seconde, attends.

Le colonel Grimandi rangea son iPhone dans la poche intérieure de son blouson. Il remit ses gants. Il saisit l'attaché-case et l'installa sur ses genoux. Il dit :

– Entre, Olivier, entre.

Olivier Barnerie s'exécuta. Il quitta son casque, le rangea à ses pieds. Le colonel Grimandi farfouilla dans l'attaché-case. Il marmonna :

– Putain, où est ce truc ?

Le colonel Grimandi tendit le BlackBerry DTEK 60 à Olivier Barnerie. Olivier Barnerie cala le carton noir entre le pare-brise et le tableau de bord.

– Je cherche une carte. Une Visa. Regarde si elle est là-dedans s'il te plaît.

Olivier Barnerie sortit le BlackBerry de son étui. Il le tripota, il déposa ses empreintes. Il glissa ses doigts dans l'étui, il déposa ses empreintes. Le colonel Grimandi ronchonna. Il lui tendit l'Asus ZenBook plus. Olivier Barnerie tripota l'ordinateur portable, il déposa ses empreintes. Le colonel Grimandi continua à farfouiller. Il dit :

– Vérifie qu'elle n'ait pas glissé dans l'ordi.

Olivier Barnerie déverrouilla l'écran. Il tripota le clavier de l'ordinateur portable, il déposa ses empreintes. Le colonel Grimandi glissa une main dans la poche à soufflets de l'attachécase. Il sortit la carte Visa. Il la tendit à Olivier Barnerie.

– Je t'ai fait faire une carte bleue.

Olivier Barnerie scruta la carte. Il lut son nom. Il lut DenizBank. Il déposa ses empreintes sur la puce, sur la bande magnétique.

– Replace tout ça dans l'attaché-case. L'ordi, le téléphone, la carte. C'est pour toi. Tu vas en avoir besoin.

Olivier Barnerie replaça l'ordinateur portable, le téléphone et la carte dans l'attaché-case. Le colonel Grimandi appuya sur le couvercle de l'attaché-case. Il brouilla le code de la serrure gauche. Olivier Barnerie procéda de la même façon avec la serrure droite.

– 1202. Tu t'en souviendras ?
– C'est ma date de naissance.

— Ouais, c'est ta date de naissance.

Le colonel Grimandi glissa une main derrière le siège passager. Il attrapa les anses d'un sac en papier. Il cala le sac entre ses cuisses. Olivier Barnerie le fixa. Olivier Barnerie dit :

— Je le surveille depuis sept mois. Vous analysez les livraisons depuis quinze jours. Et il n'y a rien.

— Oui, mais il va y avoir quelque chose.

— Pourquoi me donnez-vous aussi peu d'informations ?

— Pour ta sécurité.

— Vous pensez vraiment que Kamel est un terroriste ?

— Oui.

— Il fume, il boit, il trompe sa femme. Il est très apprécié des patrons.

— C'est un Arabe idéal, nous le savons bien. Mais nous avons aussi du nouveau. Depuis hier. Des certitudes.

— Des certitudes ?

— Nous avons trouvé son laboratoire.

— Pardon ?

— Il a commis une imprudence. Nous avons trouvé son laboratoire. Il y a de la strychnine et des tablettes empoisonnées. Il a juste dû peaufiner sa technique pour qu'elle soit parfaite. Et il a pris son temps pour sortir du matériel au compte-gouttes. Pour que personne ne s'en rende compte. Même pas toi.

— Je suis désolé.

— Ne le sois pas. Il n'y a rien de plus pénible psychologiquement que l'infiltration et la surveillance. C'est pour cette raison que je t'ai choisi. Ouvre le carton.

Olivier Barnerie ouvrit le carton noir. Il sortit six tablettes de chocolat Ecuador 85 %. Le colonel Grimandi fourra sa main gantée dans le sac en papier. Il sortit six tablettes de chocolat Ecuador 85 %. Olivier Barnerie et le colonel Grimandi procédèrent à l'échange. Olivier Barnerie confia les six tablettes qu'il pensait potentiellement empoisonnées au colonel Grimandi et plaça six tablettes qu'il pensait évidemment inoffensives dans le carton noir. Le colonel Grimandi confia six tablettes qu'il savait évidemment mortelles à Olivier Barnerie et plaça six tablettes qu'il savait naturellement inoffensives dans le sac en papier. Olivier Barnerie tripota les tablettes empoisonnées, il déposa ses empreintes. Chaque tablette pesait cent cinquante grammes. Chaque tablette était composée de quinze carrés. Chaque carré contenait quatre cent soixante milligrammes de strychnine. Le colonel Grimandi dit :

– Tu procèdes à la livraison et tu rentres à la boutique. Tu dis à ta responsable que tu ne te sens pas bien. Et tu rentres. Pigé ?

– Pardon ?

– Je te rejoindrai au lieu de livraison habituel à 15 heures. J'ai deux valises. Il faudra les stocker dans la maison. Tu les mettras dans la cuisine, avec les armes.

– Très bien.

– Nous craignons une complicité interne à l'Élysée. Je t'appellerai dimanche à 23 heures pour te donner les dernières instructions avant ton exfiltration. Sur le BlackBerry. Ne rate pas mon appel. Ça sera marqué Fayçal. Tu ne décroches pas si ce n'est pas marqué Fayçal. Et considère que ton infiltration est en passe de s'achever. Nous allons t'affecter à une mission qui correspond à tes qualités. Avec plus d'action.

– Très bien. Mais qu'est-ce qu'on va faire ?

– Je passerai lundi matin. Au plus tard à 6 heures. Il va falloir intervenir. Nous prenons trop de risques.

– D'accord.

– Demain 15 heures, dimanche 23 heures et lundi 6 heures. File.

– OK.

Olivier Barnerie sortit de l'Audi Q5. Il ouvrit le coffre isotherme et replaça le carton noir. Il ouvrit le coffre de selle et y plaça l'attaché-case. Le colonel Grimandi démarra le moteur de l'Audi Q5. Dans le coffre, il y avait : deux valises Samsonite en polypropylène. Dans chaque valise en polypropylène, il y avait : cinq kilos de clous, trois kilos de vis, deux kilos de boulons, un détonateur, deux kilos de TATP. Chaque détonateur était actionné par le BlackBerry DETK 60. Il fallait que le DETK 60 sonne et qu'on décroche.

Le colonel Grimandi entrouvrit la vitre avant côté passager. Il dit :

– C'est bientôt terminé. Tu fais du bon boulot.

– Merci, Jean-Paul. Merci.

Le colonel Grimandi ne s'appelait pas Jean-Paul. Il n'était pas colonel. Jean-Paul Grimandi était l'un de ses noms de guerre. Sa guerre n'était pas une ruse. La guerre était son travail. Il était croyant.

Samedi 23 juin 2018

FAKE NEWS : Covfefe

New York
à partir de 10 h 31 (heure locale)

Barron Trump lisait *Sapiens* de Yuval Noah Harari comme le lui avait conseillé Miss Demangeon, son professeur de civilisation au collège épiscopal de St. Andrews. Il ne serait pas le fils débile de la famille. Non-non-noOOON. Il le savait depuis la cérémonie d'investiture : Barron avait vu son grand destin. Les tocards avaient perçu le regard vide d'un débile mais Barron était plus Einstein que Rainman. C'était lui le Joffrey de la famille Trump.

Les pieds de Donald Sr. trempaient dans une petite baignoire en or remplie de glaçons. Donald Trump soulageait toujours ses cors aux pieds après la course rapide sur tapis roulant qu'il s'infligeait un matin sur deux. Les glaçons étaient fabriqués avec de la Mountain Valley Spring Water. Il y avait un grand réservoir au sommet de la Trump Tower qui était approvisionné tous les mardis. Les trois étages du penthouse bénéficiaient de l'eau minérale de l'Arkansas. Donald Trump l'avait exigé depuis qu'il avait ratatiné Hilary Clinton dans ce bastion sudiste. Barron entraperçut le rictus de Donald Sr. par-dessus son ouvrage. Donald Sr. avait mal, il voulait que Little Donald le sache.

— C'est encore votre œil-de-perdrix entre le petit orteil et le quartus qui est horriblement douloureux, père ?

La bouche de Donald Trump remonta vers son oreille droite.

— On ne peut décidément rien te cacher, fils. Dommage que tu ne veuilles pas reprendre la compagnie. On serait milliardaires !

— Nous sommes déjà milliardaires, père. Et vos pieds trempent dans une bassine en or.

— C'est une baignoire, fils.

— Je vous l'accorde, père.

— Ton visage me rend heureux. Tu seras un roi, mon fils. Mais cultivé et serein, et beaucoup moins irascible que ton père.

— Mais vous le faites exprès, père. C'est pour contenter les Américains, que l'on parle de vous tous les jours. C'est une stratégie délibérée, vous êtes un ours en peluche, nous le savons bien.

— T'es un malin, fils.

Donald Trump regarda en direction des deux écrans géants au fond de la pièce. Fox News et National Geographic défilaient en sourdine. Les rois de la pêche et un poisson-chat à queue rouge géant l'hypnotisèrent.

— Père ?

— Oui, fils ?

— Regardez-moi.

Donald Trump lui sourit. Il pointa le pouce dans sa direction.

– Je suis bien placé pour savoir que vous avez assimilé l'histoire de ce pays et saisi l'essence même du peuple américain. Et vous l'avez fait comme personne, père, comme personne.

Donald Trump observa les pans de sa longue chemise blanche qui recouvraient ses cuisses potelées. Ses cuisses étaient rouges, la peau de ses pieds blanche. Il se rendit compte que ses pieds étaient gelés. Il émit un petit cri, les retira de la baignoire, les posa sur un drap rouge et molletonné.

– Tu entends quoi par là, fils ?

Barron inséra son marque-page à l'effigie des Yankees dans *Sapiens*. Il posa son livre sur la table basse et vitrée, sur l'ouvrage de Jeff Koons en hommage à Mohamed Ali.

– Les Américains n'avaient pas tout essayé.

Donald Trump s'esclaffa. Il se tapa sur les genoux.

– Bien sûr que si, fils, ils avaient même essayé un nègre !

Donald Trump attrapa la grosse télécommande sur la table basse. La grosse télécommande contrôlait les deux écrans. Personne d'autre n'avait le droit de la toucher. Barron lui fit les gros yeux. Donald Trump reposa la télécommande.

– Vous avez de très bonnes relations avec les noirs, père.

– C'est vrai, fils. Je leur ai dit exactement comme tu me le dis : j'ai de très bonnes relations avec les noirs, bordel ! Je ne suis pas Adolf Hitler !

– Vous atteignez le point Godwin aussi rapidement que le *New York Times*…

Donald Trump leva les yeux au plafond. Quand il faisait ça, c'est qu'il avait perdu le fil. Donald Trump se pencha sur la table basse. Il appuya sur une touche de la grosse télécommande. Il passa de National Geographic à Golf Channel.

– On serait pas mieux au Trump International Golf Links, Barron, en Écosse ?

Golf Channel diffusa une réclame pour le Driver King F6 de chez Cobra.

– Vous savez, père, Obama n'avait rien d'américain si ce n'est le marketing.

– Il me faut ce putain de driver, Barron.

– Le golfeur, c'est Obama, père, pas vous. Voilà où nous conduit le marketing.

– Ouais, fils, mais il a un prénom de bougnoule !

– Non, père, Barack est un prénom hébreu, mais cela n'a aucune importance.

Donald Trump sourit. Il haussa les épaules, piqua un fard.

– Vous pensiez peut-être à Hussein ? C'est effectivement un prénom musulman.

– Ouais, ouais, fils, Hussein : Blanche Neige porte le même nom que Saddam !

– Si vous voulez connaître le fond de ma pensée, ils disent que vous êtes président parce que les Américains n'avaient plus rien à perdre, alors qu'ils ont simplement décidé d'essayer eux-mêmes. Ils ont juste mis à la présidence un… *type comme eux*. Vous savez, père, les Américains ont érigé en deux siècles le plus puissant pays du monde. Pourquoi choisir une fois de plus autre chose qu'eux-mêmes ?

— Bien parlé, fils ! On n'a pas construit l'Amérique avec des opportunistes comme les Clinton ! On n'a pas bâti ce pays en fourrant des cigares dans la chatte de nos secrétaires ! Oh que non !

— Je ne vous le fais pas dire, père. Les bien-pensants vous présentent au monde comme un être illettré et stupide. Mais qui pourrait croire que l'on devient milliardaire et président des États-Unis d'Amérique en étant illettré et stupide ? Des êtres si cultivés qu'ils en ont perdu la raison !

— Exactement, fils ! Et puis, je vis à Manhattan, bordel. Pour qui ils me prennent ? J'aime l'art, moi. Je crois plus en l'art que tous ces putains de branleurs ! Je crois même qu'il n'y a plus que ça pour réenchanter ce monde en déliquescence.

— Vous allez loin, père. Et toute cette philosophie n'intéresse pas les Américains. Ils veulent juste Donald Trump. Ils veulent l'Amérique sans gêne, ils veulent que l'on assume d'être le meilleur pays du monde, que nous cessions de nous excuser d'être ce que nous sommes.

— Tu veux dire par là que…

Barron coupa Donald Trump :

— Nous avons exterminé les Indiens ? Nous avons importé des Africains pour nos champs de coton ? Nous avons gazé les Vietcongs ? Nous avons du sang sur les mains ? Nous surveillons le monde entier ?

Donald Trump appuya sur une touche de la grosse télécommande. Il passa de Golf Channel à MSNBC.

— Mais bien sûr que oui, bordel de merde. Bien sûr que oui ! Putain, regarde cette négresse sur MSNBC, elle est encore meilleure que Kudlow[1] : il faut lui trouver un job. Qu'est-ce que t'en dis ?

Barron lui fit les gros yeux. Donald Trump secoua la tête.

— Nous surveillons le monde ? Mais oui ! Où est le problème ?

— Il n'y en a pas, père. Les Américains prient Dieu si efficacement pour qu'il n'y en ait pas. Les Américains n'ont pas à sauver l'Amérique d'elle-même. Soyons fiers de ce que nous sommes !

— On serait pas les États-Unis d'Amérique sans ça ! On serait pas les meilleurs et on voudrait pas à tout prix le rester. Et oui, fils ! Et oui ! T'as raison.

Baron empoigna le portrait de Fred Trump, le père de Donald Sr., sur la table basse.

— Il vous a donné votre premier million de dollars pour que vous deveniez un grand Américain et vous êtes devenu le premier ! Le meilleur de nous tous !

— Ouais, fils. C'était un homme avec des grosses balloches ton grand-père. Fallait des grosses balloches pour faire fortune dans cette ville, cerné par les juifs et les pédés !

Mike *Robocop* Rogers se racla la gorge. Il se tenait près de la colonne en marbre de Carrare à droite de la cheminée. Barron évalua la situation.

---

1. Larry Kudlow a été désigné le 14 mars 2018 conseiller économique en chef de Donald Trump. Connu comme commentateur sur la chaîne financière CNBC où il réclame depuis plus de vingt ans des baisses d'impôts, il a déjà travaillé pour l'administration Reagan.

Il replaça le portrait de son grand-père paternel sur la table.

Mike Rogers avança de cinq pas. Il avait une tête de roux mais il était châtain, long, discret. Son complet était gris, sa chemise blanche, sa cravate à fines rayures.

– Barron, je te présente Mike Rogers.

Mike Rogers repéra le grand miroir vers les téléviseurs. Mike Rogers était un luthérien. Il observa les dorures et les fresques qui piochaient autant dans la Rome antique que dans le château de Versailles. Mike Rogers n'avait pas besoin de dépenser cent millions de dollars dans un appartement pour trouver les traces de son élection sur terre. Il n'avait pas cent millions de dollars. Il était militaire. Il était le patron de la plus importante agence de renseignements au monde. Il irait tout droit au paradis. Mike Rogers hocha la tête en direction du gamin.

Barron Trump se leva. Il tendit la main au directeur de la NSA. Barron Trump dit :

– Bonjour Mike. Barron William Trump.

Mike Rogers lui serra la main. Donald Trump dit :

– Ce monsieur est là parce qu'il est gentil avec moi. Il n'est pas obligé. Il pourrait me lâcher en rase campagne. Mais il est loyal. Il est loyal depuis le premier jour de mon élection. C'est un bon gars. Pas vrai, Mike ?

C'était la deuxième fois que Mike Rogers rencontrait Donald Trump chez lui à Manhattan. La première fois, Donald Trump était seulement le président élu et il fut le seul à lui montrer allégeance.

— Je suppose, Monsieur le président. Mais je ne suis pas le mieux placé pour juger.

— C'est vrai que je vous ai sauvé les miches alors que Blanche Neige et ses deux nains voulaient vous couper la tête. Alors vous avez été gentil, puis le moins méchant possible, et vous allez être gentil-gentil tout le temps maintenant. Qu'en penses-tu, Barron ? C'est un chouette programme, non ?

Barron dit :

— Je pense qu'il vaut mieux avoir le patron de la NSA avec soi, père.

Barron désigna un fauteuil à Mike Rogers pendant que Donald Trump continuait à le questionner :

— Et pourquoi ça, Barron ?

Barron se rassit. Mike Rogers attendit. Donald Trump ne daigna pas lui serrer la main.

— C'est un peu comme les arbitres d'un match de baseball. Si l'un d'entre eux est contre vous, c'est perdu d'avance.

Mike Rogers prit place sur le fauteuil blanc et or. Il était entre Donald Trump et son fils. Il comptait les points.

— Bien dit, Barron ! Si un arbitre est contre toi, tu as perdu la partie. Mais que faut-il faire pour avoir l'arbitre avec soi ?

— Il faut respecter les règles, père. C'est la première option.

— Bien ça. C'est bien, tu es un bon garçon.

— Mais il n'est pas certain que l'arbitre vous en soit reconnaissant pour autant.

Mike Rogers observa les objets sur la table. Les deux livres, le portrait de Fred Trump.

– Il y a une autre option ?
– Elle est immorale, père.
– Ça veut dire quoi immoral, Barron ?
– Contraire à ce qu'ils pensent sur CNN, père.
– Ah-ah-ah-oh ! Elle est bien bonne celle-là ! Pas vrai Mike, le petit a de l'esprit, qu'en pensez-vous ? C'est un putain de petit génie !

Mike Rogers s'avança sur son fauteuil.

– Je dois l'avouer, Monsieur le président, même si la situation me gêne un peu.
– Et elle est efficace cette option, fiston ?
– Oui, père. Elle ne repose pas sur la confiance mais sur un contrat.
– Explique à Mike Rogers.

Barron fixa Mike Rogers trois secondes. Il dit :
– Il faut acheter l'arbitre.

Donald Trump se plia en deux. Il se gondola. Il se tapa sur les tibias avec les mains.

– Excellent, Barron. Excellent ! Mais s'il n'aime pas l'argent ?
– Il faut lui faire peur, père. Qu'il ait peur comme jamais.

Donald Trump se redressa. Il retrouva ses esprits.

– Tu as parfaitement raison, fils. Mais sache que Mike Rogers est un incorruptible. Il ne vit pas pour accumuler de la richesse. Il serait même capable de sacrifier tout de sa vie jusqu'à sa petite famille pour la grandeur du pays. Voilà qui est vraiment l'amiral Mike Rogers, un Américain au cœur pur ! Et voilà pourquoi il occupe ce poste et pourquoi il pourrait bien être promu directeur du renseignement national quand le Congrès et le FBI cesseront de lui chercher des poux.

Mike Rogers regarda ses pompes. Il se lâcha :

— Monsieur le président, avec tout le respect que je vous dois, et tout le respect que je dois à votre fils, je préférerais que notre conversation soit bilatérale et qu'elle se limite à un cadre strictement professionnel. Et je ne lorgne pas le poste de Dan[2].

Donald Trump devint tout rouge. Il serra les poings. Barron se leva. Barron dit :

— Vous devriez garder votre calme, père. Mike a tout à fait raison. Un adolescent de douze ans n'a pas à échanger de sujets confidentiels avec le directeur de la NSA. Mike est déjà sur le gril. Vous le savez parfaitement. Toute l'Amérique le sait, si j'ose dire. Il faut être le plus professionnel possible. Et nous contenter pour cette fois de la morale.

Barron quitta le salon. Mike Rogers regarda le petit Lord Fauntleroy s'éloigner. Il n'avait peut-être pas agi dans l'intérêt supérieur de son pays. Donald Trump dit :

— Pompeo disait qu'il ne lorgnait pas le poste de Tillerson[3]. Mais l'autre enculé de Texan, je lui ai coupé les couilles. Et il peut se mettre ses milliards

---

2. Dan Coats est devenu directeur du renseignement national en mars 2017.

3. Roy Tillerson a été secrétaire d'État des États-Unis d'Amérique du 1er février 2017 au 13 mars 2018. Il a fait carrière chez ExxonMobil et en est devenu le PDG en 2006. La société Exxon a des liens financiers avec la Russie. Donald Trump a annoncé son limogeage par un tweet. Son successeur est Mike Pompeo.

de barils de pétrole dans le cul. Qu'il aille s'étouffer au caviar avec Poutine !

Mike Rogers tapota ses genoux. Il fixa le bout de ses chaussures et attendit.

— Dites-moi, ça veut dire quoi, directeur de la NSA, Mike ? Mis à part que vous connaissez la couleur de mes caleçons et le nom du mari de mon esthéticienne ?

— Que je dois assurer la sécurité de tous les Américains et celle du premier d'entre eux, Monsieur le président.

— En espionnant six milliards de personnes ?

— En repérant les nuisibles grâce à des dispositifs de cybersécurité qui respectent la vie de nos concitoyens.

— Il s'agit de repérer les méchants en ne farfouillant pas trop dans la vie des gentils ?

— Oui, Monsieur le président. En ne farfouillant pas dans la vie des Américains. Je ne garantis la liberté que pour l'Amérique.

— Vous vous masturbez des fois, Mike ?

— Pardon, Monsieur ?

Donald Trump se pencha sur la table basse. Il appuya sur les touches de la télécommande. Il zappa sur les deux écrans en même temps.

— Je sais pas moi. Sur votre belle-sœur, votre voisine. Vous vous tirez sur la nouille ?

— Mais…

— C'est quoi le plus important, Mike ? Vous aimez John Wayne ? La liberté des gens ? La sécurité du pays ?

Mike Rogers bloqua sa respiration. C'était comme ça depuis le début. Le président était fatigant. Le président était insaisissable. Le président était un jobard. Il respira un bon coup. Il pesa le pour et le contre. Il était dans la chambre d'hôtel d'Howard Hughes avec ce taré de buveur de sang.

— Tout dépend si un terroriste fonce en camion sur votre famille ou pas. À titre personnel, j'ai de l'empathie pour les gens et je considère l'Amérique comme la plus grande famille du monde. Si un terroriste menace un Américain, il menace donc un membre de ma famille.

Donald Trump posa son menton sur son pouce droit et lui tira la langue. Il sortit son iPhone de sous ses fesses et ouvrit l'application Twitter.

— Vous aimez John Wayne. C'est bien. Mais vous pensez quoi des alligators, Mike ?

— Pardon ?

— Des alligators de compagnie, vous en pensez quoi ?

— Je ne comprends pas, Monsieur.

— Vous devez être le genre de gars à aimer la cuisine italienne, Mike.

— Mais, Monsieur le présid...

— Vous savez, Mike, j'ai des libertaires qui votent pour moi. Enfin des libertariens, je ne sais pas trop comment on appelle ces allumés mais ils votent tous pour moi, et ils se reproduisent comme des petits pains, ils adorent niquer à ce que je sais, ils sont free sex. Alors je peux pas le dire publiquement mais je pense exactement comme vous. C'est quoi une petite intrusion dans sa vie privée quand on a la possibilité de sauver la vie d'un membre de sa famille, d'un Américain ? Si on a rien à se reprocher ? C'est que dalle ! Voilà, c'est exactement ça. Et c'est pour ça qu'il faut en finir avec ces putains d'Arabes coûte que coûte.

Donald Trump tapa un tweet sur les valeurs familiales. Il l'effaça avant de le poster. Il fourra son iPhone sous ses fesses. Il fixa les deux écrans géants. Il se pencha sur la table basse. Il appuya sur les touches de la grosse télécommande. Il zappa avec frénésie.

– C'est l'objet de ma visite, Monsieur le président.

– Je vous écoute, bordel, je vous écoute. Je ne fais que ça !

– Nous pensons qu'un attentat terroriste se prépare à Paris, que Daesh projette d'opérer le 11 novembre, pour les cérémonies de l'armistice.

– L'armistice ?

– La Première Guerre mondiale, Monsieur le président.

– Une sacrée boucherie, cette guerre-là. Et on l'a gagnée !

Donald Trump examina ses pieds. Ils étaient tout rouges. Il les trempa à nouveau dans la baignoire remplie de glaçons.

– Ça vous dirait de m'accompagner à un match de basket, Mike ? Est-ce que ça vous dirait ? Au Madison Square Garden ?

Mike Rogers sourit. Il fit comme s'il n'avait rien entendu :

— Je vous sollicite car je veux savoir si nous donnons cette information à nos homologues français dans le cadre de nos bonnes relations.

— Le Madison Square Garden ?

— Non Monsieur. Je parle du projet d'attentat en France.

— Mais vous leur avez déjà donné des éléments durant la campagne électorale, non ?

— C'est ce que j'ai confirmé devant le Congrès, Monsieur. Que nous avions informé le candidat Macron que la Russie avait pénétré leurs infrastructures. Mais je vous parle d'un attentat en novembre prochain, un attentat qui *va* être perpétré.

— Ouais, j'ai bien pigé. Pour la Russie, le problème, ce n'est pas que vous risquez le parjure, c'est que vous n'aimez pas mentir. Vous êtes un bon chrétien, Mike. Mais ne vous inquiétez pas trop. Le FBI va bien finir par vous lâcher la grappe. Quelle est la cible de votre armistice ?

— Le président.

— Comment ça, quel président, de quoi vous parlez, bordel ?

— Le président français, Monsieur. Daesh projette d'assassiner Emmanuel Macron.

Donald Trump planta un index dans sa narine droite.

— Nous avons capté de très nombreux messages.

— Vous êtes en train de me dire que tout continue comme avant, Prism, tout ça ?

— C'est-à-dire que… la communauté du renseignement est…

Mike Rogers répéta :

— Daesh projette d'assassiner Emmanuel Macron.
— Et Snowden, il crèche où maintenant Snowden ?
— Toujours en Russie, Monsieur le président.
— Très bien. Désormais, venez-en au fait. Que me voulez-vous ?
— Je veux savoir si nous prévenons les Français.

Mike Rogers répéta :
— Daesh projette d'assassiner Emmanuel Macron. Je veux savoir si nous prévenons les Français.

Donald Trump se lécha le doigt. Donald Trump se pencha sur la table basse. Il appuya sur une touche de la télécommande. Fox News se mit à beugler. Donald Trump brailla :
— Je ne comprends pas trop, Mike. Ça n'entre pas dans la définition que vous m'avez donnée de votre travail…
— Pardon ?
— Je connais la nationalité du président Macron. Il n'est pas Américain. Il n'est pas membre de notre famille. Vous n'avez pas à garantir sa sécurité.

Mike Rogers ferma ses yeux bleus et vitreux. Il respira profondément. Ses paupières inférieures étaient saturées de fatigue. Donald Trump demanda :
— Fiabilité de l'information ?

Mike Rogers fixa la grosse télécommande. Il gigota sur son fauteuil, se rapprocha de la table basse. Donald Trump cria :
— N'y pensez même pas, Mike. Je vous fais bouffer par les alligators si vous touchez à ma télécommande.

Mike Rogers hurla :
— 80 % !

Mike Rogers fixa Donald Trump. Donald Trump se pencha sur la table basse. Il appuya sur une touche de sa grosse télécommande. Il coupa le son.

– Combien d'informations de ce type se réalisent, concrètement ?

– Je ne sais pas. Je dirais deux sur dix.

– Ça veut dire qu'il y a plus de quatre chances sur cinq que ce que vous me racontez n'advienne jamais ?

– C'est le ratio, Monsieur le président, effectivement.

– Si Barron était là, il vous dirait que c'est un mauvais ratio. Et qu'il est favorable aux alligators de compagnie pour les gens… érudits. C'est ça, érudits, n'est-ce pas ?

– C'est un mauvais ratio, Monsieur le président, je vous l'accorde.

– Combien de chances pour que les rouges touchent au deuxième amendement ?

– Aucune, Monsieur le président, aucune.

– À cause de la NRA[4] ?

– Entre autres, mais surtout parce que les Améric…

Donald Trump secoua les pieds dans la baignoire en or en hurlant. Il projeta de la flotte sur le sol, le tapis, la table basse. Il projeta de la flotte sur Mike Rogers.

– Barron sait que je n'ai jamais pris une décision positive de ma vie sur un tel ratio. C'est une question de principe ! Je vais vous filer à bouffer aux alligators, bordel !

---

4. National Rifle Association.

— Très bien, Monsieur le président.

Donald Trump hurlait :

— C'est une fausse nouvelle. C'est négatif pour moi. Revenez avec un meilleur ratio si vous voulez une réponse positive !

— Très bien. Personne d'autre n'est informé de toute façon...

Mike Rogers se leva. Il examina les gouttelettes d'eau glisser sur son pantalon. Il dit :

— Entendu, Monsieur le président.

Donald Trump se calma. Il dit :

— Attendez une minute, Mike. Vous avez vu cette histoire de clone de moi-même à la Maison Blanche ? Que je ne supporterais plus Washington et que j'aurais fabriqué un clone pour ne plus quitter New York ?

— Non, Monsieur le président.

— Ah bon ? C'est bizarre ce truc. Et Jared, vous avez toujours rien à me dire sur Jared ?

Mike Rogers bafouilla :

— Mais Monsieur, ses habilitations ont été retirées. Dans l'absolu, je pense qu'ils ont... des mauvaises fréquentations. Nous avons fait tout ce que nous pouvions. Mais il faut surtout vous protéger vous. Nous ne pouvons pas le protéger de lui-même.

— C'est bien pour cette raison que je vous en parle. On lui a retiré ses habilitations, on a balancé que c'était parce qu'il magouillait avec des investisseurs pour ses affaires, mais est-ce que vous avez noyé le poisson ?

– Oui, Monsieur le président. Je vous rappelle que je suis moi-même sous le coup d'une enquête fédérale.

– Et sur Ivanka ? Que savez-vous sur Ivanka ?

– Monsieur le président…

– Rien ne doit arriver à Ivanka, Mike. Ivanka est plus importante que moi, vous m'entendez ?

– Oui, Monsieur le président. Je le sais parfaitement. Il ne lui arrivera rien.

– Dites-moi la vérité, maintenant. Daesh, ça n'existe pas, pas vrai ?

– C'est-à-dire que l'État islamique n'existe plus vraiment au sens physique du terme, Monsieur. Mais au niveau géopolitique, c'est une autre histoire…

– Alors, vous pouvez disposer.

Lundi 9 avril 2018

SPEED DATING :
[copy]

Aubervilliers/Paris
À partir de 06 h 52 (heure locale)

SOUDAIN :
Le Mercedes Vito grilla le cédez-le-passage et pila. Le chauffeur écrasa la pédale de frein de la Renault 21. Le volant lui échappa des mains. Pris de panique, il ferma les yeux. Le coup de patin fit chasser l'arrière. La Renault 21 percuta l'utilitaire – de plein fouet.

Notez bien l'heure :
06 h 52, le matin, au nord de Paris. Le théâtre des opérations. À l'angle de la rue Charles Baudelaire et du boulevard Édouard Vaillant. Un quartier résidentiel d'Aubervilliers. Là où les Arabes font la guerre aux Chinetoques. Des immeubles à cafards de la petite couronne avec des parkings en goudron flambé.

Le choc fit caler le moteur de la Renault 21. Le chauffeur se cogna contre le tableau de bord. Sa portière s'ouvrit à la volée. Il bascula dans le vide et tomba sur le trottoir. Le chauffeur avait une quarantaine d'années. Il était blanc.

La porte latérale de la fourgonnette avait morflé. Une femme en combinaison noire en descendit. Elle contrôla la rue déserte. Elle portait un masque Princesse Leia et pointait un Beretta 92 droit devant elle. Elle avait les cheveux noirs, frisés.

La femme se pencha sur le chauffeur. Le sang lui pissait du nez. Le type hurlait des *Enculé-enculé-putain-d'enculé*. Le type suffoquait, secoué par des spasmes. Le chauffeur entraperçut la femme derrière le masque. La Princesse Leia était effrayante. Elle le visait avec un pistolet. Elle abattit la crosse du semi-automatique sur sa tempe. La tête du chauffeur percuta le trottoir. Le chauffeur perdit connaissance.

Le conducteur de la fourgonnette descendit du véhicule. Il avait un casque léopard qui encerclait son crâne chauve, une moustache vieille école. Il se planquait derrière un masque de Zorro. Il écoutait *She's Lost Control* de Joy Division. Il se déhancha, fit voler en hélicoptère un fer 7 de chez Callaway. La voix camée de Ian Curtis crépita dans ses oreilles, les notes psyché électrisèrent le spectacle.

Le grand mec se planta devant la femme, il lui souffla un baiser. Il glissa le pied sous le chauffeur et le retourna. Le choc lui avait entaillé le front. Du sang coulait dans ses yeux. Le grand mec leva son club de golf et l'abattit sur le genou droit du chauffeur. Il réitéra l'opération avec le genou gauche. La femme entendit les rotules éclater.

Notez bien l'heure :

06 h 53. Un ciel bleu nuit de printemps. Une rue tranquille. Pas de piétons. Pas de mamies insom-

niaques alertées par l'accident aux fenêtres des immeubles.

Le radiateur de la Renault 21 explosa. L'air siffla dans les durites, l'eau s'évapora en touchant le sol. Le grand mec sortit un crayon magique de la poche de son bomber. Le grand mec choisit une vitre au pif. Il marqua en doré sur la vitre arrière-droite : *À CHACUN SA MEUF*. Le grand mec s'appliqua. La femme toussa sous son masque. Une Seat Leon était garée à trois longueurs. Le moteur tournait au ralenti. L'homme au volant portait une cagoule noire avec trois trous. Il avait les yeux vairons, jouait avec ses lèvres plissées.

Il est 06 h 54. Le boulevard est encore désert. Il n'y a toujours pas de piétons, pas de curieux aux fenêtres à cause de l'accident.

Le type au fer 7 écrasa la main droite de l'homme inconscient avec sa rangers. Les phalanges craquèrent. La femme secoua la tête. Elle cligna des yeux, contourna la victime. La Seat Leon était en position sur le boulevard. *De l'autre côté*. Le conducteur se pencha, ouvrit la portière avant côté passager. Il enclencha la première dans la boîte de vitesses. La femme fila en direction de la portière ouverte. Le type au fer 7 contempla le visage ensanglanté de l'homme inconscient. La femme sauta sur le siège avant.

Du bruit, à présent – un crissement de pneus aigu dans l'air frais. De la lumière – le clignotement bleuté d'un gyrophare dans la nuit. Le type au fer 7 se tourna et évalua la distance. Les phares l'éblouirent. Trois cent cinquante mètres à tout casser. La Seat Leon était à dix mètres. *De l'autre côté*. La vapeur d'eau servait de paravent.

Le conducteur de la Seat contrôla dans son rétroviseur. Des flashs bleus qui ont coloré le nuage de vapeur d'eau. Le conducteur contrôla le siège passager. La Princesse Leia qui a repris son souffle et qui se bouffe les doigts. Le conducteur de la Seat éteignit les feux de circulation.

Le grand mec perça le nuage de vapeur. Il courut, le sourire pendu aux lèvres. Il ouvrit la portière, balança le club de golf, sauta sur la banquette arrière. Les portières claquèrent. La Seat Leon louvoya cent mètres sur le boulevard comme un corbillard. Le conducteur enfonça la pédale d'embrayage. La Seat filait dans la nuit en mode silencieux. Le conducteur vira à droite en roue libre. Il ralluma les feux et lâcha l'embrayage. Les deux cents bourrins envoyèrent la sauce. La femme serra les miches le dos collé au siège baquet. Le véhicule allait s'envoler et exploser au-dessus du périphérique. Le grand type avait la respiration bloquée. La Seat atteignit les 100 km/h à 7 000 tours/minute. Le conducteur avait mobilisé trois rapports et moins de six secondes de leurs vies.

Il est 06 h 55. La Seat file dans une rue étroite. À vive allure. Le rétroviseur côté passager frôle les voitures garées sur le bas-côté.

Le conducteur avait le plan du quartier imprimé dans le cortex. Le plan du quartier défilait sur l'écran GPS aussi vite qu'un circuit de Formule 1. Les positions des caméras de vidéosurveillance clignotaient dans son réseau neuronal. Dans son monde souterrain et nulle part ailleurs. Le conducteur tourna une fois à gauche et deux fois à droite. À plein régime. Le véhicule adhérait au sol, les trajectoires étaient directes, les pneus ne crissèrent pas. Le conducteur quitta sa cagoule. Le conducteur dit :

— Retirez vos déguisements, les pingouins.

La femme cala le Beretta entre ses cuisses et s'exécuta. La Seat Leon quitta l'avenue Jean Jaurès, entra sur le périphérique au point d'accès n° 11. La femme avait la vingtaine. C'était une beurette. Elle sortit un paquet de Marlboro coincé dans la poche arrière de son jeans. Elle glissa une cigarette entre ses lèvres. Elle l'alluma et tira une énorme bouffée. Sur la banquette arrière, le grand mec hochait la tête. En rythme. Le conducteur dit :

— C'était parfait, Joan. Calme-toi.

Le conducteur fit signe au grand mec de quitter son casque. Le grand mec souleva un écouteur. Le conducteur dit :

— Retire-moi ce déguisement vite fait, bordel.

La beurette souffla un halo de fumée. La beurette dit :

— C'est Khadra. Pas Joan, moi c'est Khadra.

Le conducteur sourit. La Seat s'inséra dans la circulation. La Seat lécha le cul d'une Citroën Saxo immatriculée dans les Alpes-Maritimes. La Seat était comme sur pilote automatique. À 80 km/h. Le conducteur fixa deux secondes le blason de la région PACA. Il ausculta le hayon arrière. L'auto-collant Chat noir collé au-dessus de l'emblème de l'OGC Nice. Il entrouvrit sa vitre pour faire sortir de la fumée et entrer de l'air frais. Les plaques d'immatriculation ne délivraient aucun message.

Dieu n'existait pas. Le type au volant de la Saxo n'était qu'un petit fonctionnaire rebelle à deux balles. Derrière, le grand mec s'exécuta. Il avait une voix sucre d'orge :

— Bien sûr, tout de suite, Philippe, tout de suite.

Le grand mec fourra le masque en tissu dans la poche latérale de son bomber. Le conducteur attrapa la Marlboro entre les doigts de la beurette. La beurette se laissa faire. Le conducteur tira une taffe et souffla la fumée sur le miroir du rétroviseur central.

— Aujourd'hui, tu t'appelles Joan. Et Joan la rouge[1] va gentiment ouvrir la boîte à gants.

La beurette savait que Philippe était fêlé. Elle ouvrit la boîte à gants. Elle repéra deux liasses de billets de vingt. Le conducteur dit :

— Mille chacun, comme convenu. Et replace l'arme.

La beurette rangea le Beretta dans la boîte à gants. Elle tendit une liasse au grand mec sur la banquette arrière. Le grand mec s'appelait Bruno Michalski. Il avait cinquante-deux ans. C'était une petite frappe de naissance. Il fourra le rouleau dans sa poche avec le masque de Zorro. La beurette se risqua :

— C'est qui le mec qu'on a amoché ?

Le conducteur dit :

— Un gars qui a mis sa bite dans un cul qui ne lui appartenait pas. Qu'est-ce que ça peut bien te foutre ?

— Le proprio du cul doit être blindé.

Le conducteur fixa le grand mec dans le rétroviseur. La beurette était intelligente. Elle était agile.

---

1. Héroïne d'*Underworld USA* de James Ellroy.

Elle finirait mal. Il tira une nouvelle taffe, pinça le filtre de la Marlboro entre ses dents. Il reluqua la beurette en lui tendant la cigarette au filtre humide et brûlant. Un centimètre et demi de cendre se décrocha et s'abattit sur son jeans. La beurette soutint le regard du conducteur deux secondes. Philippe la faisait régulièrement bosser, il payait rubis sur l'ongle. Le conducteur renifla. Il ne s'appelait pas Philippe. Il fit tourner une glaire dans sa bouche et l'avala comme une huître. C'était sa façon à lui de lire l'avenir.

Il est 06 h 58. Les imbéciles ont ouvert les fenêtres. Ils sondent, ils étudient, ils surveillent. Il y a un attroupement rue Charles Baudelaire. Éric Gratias a repris connaissance. Une bulle de sang sort de sa narine droite. Il pense direct au boulot. Il était en contrat à durée déterminée. Il a perdu son travail.

La Seat Leon quitta le périphérique au point de sortie n° 13. Les flics de la municipale établirent une connexion avec le central et commandèrent une ambulance. Une patrouille de la Brigade anti-criminalité arriva sur les lieux. Le capitaine de la BAC entra la plaque d'immatriculation de la fourgonnette Mercedes dans le Système d'immatriculation des véhicules. Le SIV cracha que le véhicule était volé.

Notez bien l'heure :
Il est 11 h 12. C'est la cohue. Les couloirs du métro sentent la pisse. Les Parisiens courent. Une Cap-Verdienne chante *Petit pays, je t'aime beaucoup*.

A cappella. Elle a secoué une maraca colorée. Elle a réveillé les esprits. Elle a transpercé leurs cœurs insipides.

Il sortit de la station de métro Bastille. Il descendit la rue de la Roquette jusqu'à une boutique haut de gamme. Il fixait le bout de ses baskets Stan Smith pour ne pas dévisager les passants. Le monde était hostile et ses baskets lui voulaient du bien. Sa première hypothèse : performance bidon et foirage intégral. À trois contre un.

Il s'arrêta devant la vitrine. Il scruta l'immeuble, le ciel bas et brumeux. Il compta deux vendeurs en tenue blanche et une femme avec un tailleur pantalon en flanelle. Il fixa la femme. Elle était grasse, petite. Elle avait une gueule de responsable. La femme le remarqua. Sa deuxième hypothèse : frousse infernale et couverture foirée. À deux contre un. Il ferma les yeux, respira fort, lâcha tout.

Il passa les portes automatiques de la boutique, se posta devant la banque. Avec précaution. Un ange roux au milieu des effluves de chocolat. Le premier vendeur était blond et tatoué. Le second vendeur était chauve et bedonnant. Le tatoué lui délivra un sourire. Le tatoué balança un *bonjour* qu'il n'entendit pas. Il ouvrit sa pochette. Il avança, tendit un CV, répéta ce que le colonel Grimandi lui avait dit de dire :

— Bonjour, je m'appelle Olivier Barnerie. Je suis chauffeur-livreur. Puis-je vous laisser mon CV ?

La femme interrogea le chauve du regard. Le chauve interrogea le tatoué. La femme avança jusqu'à la banque. Elle prit le CV des mains du tatoué. Elle le parcourut. Vite fait. La femme releva le menton, demanda :

– Vous êtes disponible quand ?

Olivier Barnerie ne se précipita pas. Il sourit. Comme le colonel Grimandi lui avait dit de faire. Il dit :

– Tout de suite, madame.

Olivier Barnerie jeta un coup d'œil vers l'extérieur. Le colonel Grimandi passa devant la vitrine. Dieu existait. *Pour de vrai.*

Dimanche 11 mars 2018

KÂMA SUTRA 65 :
le temple de l'amour

Agra
À partir de 16 h 31 (heure locale)

En moins de quarante-huit heures.

Brigitte Macron avait namasté[1] devant le mausolée de Gandhi à New Delhi. Elle avait porté dans ses bras des orphelins de l'ordre de Mère Teresa. Elle avait posé devant le minaret de Qûtb Minâr. Brigitte Macron avait bouffé végétarien au Rashtrapati Bhavan. Dans le palais présidentiel, le Premier ministre Modi avait l'œil brillant. Il avait dit *vous pourriez devenir Indienne*. Dans le palais présidentiel, Emmanuel Macron avait l'estomac contrarié. Il s'était dit *sortez-moi le poulet tandoori*.

En moins de quarante-huit heures.

Brigitte Macron avait rencontré des Young Leaders à l'hôtel. Elle avait quitté sa robe en dentelle noire. Elle voulait faire l'amour. Manu s'était endormi. Manu était un petit joueur. Elle lui avait

---

1. Mot utilisé pour dire bonjour ou au revoir en Inde. Littéralement : « Je m'incline devant votre forme. »

caressé le front pendant son sommeil. Elle pétait la forme. Elle avait bavassé sur l'art à Lodhi Colony. Elle avait visité deux femmes dans la salle de travail d'une maternité. Elle avait été sage durant le discours soporifique de son mari dans les jardins verdoyants de l'ambassade. Les gens étaient tombés dans les vapes. La chaleur oppressait les cages thoraciques. Jupiter faisait vaciller le cœur des groupies. Brigitte Macron avait pris l'avion jusqu'à Agra. Brigitte Macron était montée au Taj Mahal.

En moins de quarante-huit heures. Wonder Woman.

Brigitte Macron n'écoutait pas vraiment Jean-Claude Carrière. Elle écoutait Emmanuel Macron. Emmanuel Macron était sur la longue terrasse. Il parlait avec Theresa May au téléphone. Brigitte adorait l'entendre parler anglais. Il raccrocha. Il regarda sa montre, interrogea son conseiller diplomatique d'un coup de menton. Le conseiller dit :

– Le Novichok est sa signature. Elle a raison.

– Sauf que Poutine dit qu'ils ont détruit leurs armes chimiques sous le contrôle d'observateurs internationaux.

– Ils ont signé la convention sur l'interdiction des armes chimiques de 92 tout en continuant à développer leur arsenal. Ils sont les seuls à pouvoir fabriquer et contrôler le Novichok car ils sont les seuls à en connaître le secret de fabrication.

– Oui, mais quel intérêt de signer son crime ?

– De pouvoir dire qu'il n'est pas assez stupide pour le signer. Et de montrer à son peuple qu'il nous tient tête. Pour dimanche prochain.

– Le meilleur alibi pour un être machiavélique est de ne pas en avoir ?

– C'est exactement ça, Monsieur le président. Comme dans les romans d'espionnage.

– Peu importe de toute façon. Elle va expulser les diplomates russes mercredi.

– Vingt-trois diplomates. Ce n'est plus de l'ordre du symbole, c'est un acte excessivement fort.

– Nous allons la soutenir officiellement.

– Mais vous lui avez dit…

– Nous allons la soutenir officiellement mais votre proposition ne va pas. Il nous faut juste gagner du temps. Vous avez une autre idée ?

– Laissez-moi une heure.

Macron désigna sa femme et Jean-Claude Carrière.

– Nous avons deux minutes. Nous sommes en Inde mais il me faut tenir le pays. Et c'est maintenant que je vais leur parler avec Brigitte.

Macron observa Brigitte. Brigitte contemplait le Gange. Jean-Claude Carrière décrivait une courbe avec son bras. Son bras s'élançait par-delà le fleuve. Jean-Claude Carrière devait lui conter une légende sur Shiva. Macron sourit. Son tailleur pantalon. Ses escarpins beiges. Ses longs talons qui accentuaient le galbe de sa chute de reins. Brigitte était dans tout et tout était dans Brigitte.

– Mais bien sûr !

– Pardon ?

– Je vais au Salon du livre jeudi ?

– Oui ?

– La Russie est le pays invité d'honneur.

Le conseiller diplomatique tilta, épaté. Macron l'éblouissait. Macron éblouissait toutes les personnes qui le connaissaient. Non seulement il avait un énorme disque dur, mais il possédait aussi un processeur à deux cœurs.

— C'est excellent, Monsieur le président, vous avez raison ! Nous pouvons boycotter le pavillon russe lors de l'inauguration.

Macron aimait bien qu'un représentant de la promotion Voltaire le conseille et reconnaisse son génie.

— C'est exactement mon idée. Nous allons boycotter le pavillon russe.

— Très bien.

— Faites le nécessaire pour jeudi. Jean-Claude et Brigitte m'attendent.

Le conseiller s'éloigna. Il pianota sur son iPhone. Emmanuel Macron marcha jusqu'à sa femme et son guide. Il lança :

— Tu savais que j'étais déjà venu en Inde, Jean-Claude ?

Jean-Claude Carrière pivota. Il n'aimait pas tutoyer le président de la République. Il avait du mal avec cette idée. Macron le savait.

— Non, pas du tout. Quand ça ?

— À Bombay, quand je bossais chez Rothschild.

Macron contempla la plaine du Gange. Il passa passa un bras autour des épaules de Brigitte.

— Modi a fait nettoyer le pays sur huit kilomètres. Les routes sont bouclées jusqu'à l'aéroport. Je me demande s'il n'a pas décrété un couvre-feu.

Jean-Claude Carrière sourit. Il lâcha :

— C'est parce qu'il adore Brigitte !

Macron s'esclaffa. Brigitte piqua un fard. Il serra son épaule contre son torse.

— C'est surtout moi qu'il adore !

Il embrassa Brigitte sur la joue.

— Nan mais t'as vu comment il m'a bisouillé ?

Il se posta devant ses interlocuteurs, à la place du Gange et du coucher de soleil.

— Non mais j'arrivais plus à m'en défaire. C'est vraiment indien ce truc ! La diplomatie du câlin... Il est vraiment marrant.

Brigitte souriait. Elle dit :

— C'était extra. Mais t'avais envie de rire !

— Il me l'a fait trois fois. Nan mais t'as vu ? Trois fois. Un, il vient à l'aéroport en personne. Sur le tarmac, je me contiens, t'as vu ? Deux, rebelote dans le salon de l'aéroport. Et trois, au palais hier.

Macron calibra Jean-Claude Carrière.

— Je vous en parle même pas... C'est qu'il faut y être à ma place. Et je te signale que toi, tu rigolais carrément. Moi, je serrais les dents mais toi tu te marrais.

Brigitte fit son minois à la Mireille Darc. Elle lui ressemblait moins les cheveux attachés mais elle avait le même air candide et déterminé. Jean-Claude Carrière dit :

— Vous aviez déjà eu droit aux vingt-et-un coups de canon.

Macron ajouta :

— Bon, faut pas se tromper, c'est un dur, Modi.

Brigitte :

– Tu crois vraiment que ça veut dire quelque chose ? La *hug diplomacy*, c'est un truc de journalistes, non ?

– Tu rigoles ? J'ai eu plus de câlins que Netanyahu ! Carrément. Eh ben, on va signer treize milliards pour Safran. Et les Rafale, ça va se calmer. Ça va le faire. C'est François qui a obtenu ça, je le reconnais. Enfin c'est Jean-Yves, mais il a pas été mauvais sur la scène internationale, François, je le reconnais. Son problème, c'est quand Barack l'a lâché en Syrie. Il aurait dû y aller. Il a manqué de courage. Il a toujours manqué de courage. Moi, avant de l'ouvrir, j'ai vérifié si je pouvais y aller seul. Bref, Modi, il a un petit souci avec son industriel, là. C'est le bordel de toute façon, l'armement. Il s'est mis dans la merde. Mais ça va le faire. Et on va sauver l'EPR. Il va commander des EPR. Alors peut-être pas six, mais s'il en prend, il va nous sauver le truc. Parce que c'est un vrai fiasco industriel ce machin, jusqu'à présent. Je l'ai dit comme ça au PM, d'ailleurs. Je sais pas ce qu'ils ont fait avec ses potes chez Areva mais entre le Niger et l'EPR, c'est un vrai fiasco.

Brigitte rétorqua :

– Personne ne te tient, toi. C'est la différence avec eux tous.

– Tu as raison. Regarde ce qu'ils ont dû faire pour arriver au pouvoir suprême. Pour constituer leurs réseaux, leurs clientèles électorales. Ça prenait des années. Vingt ans, trente ans ? Tout ça s'effondre. C'est le nouveau monde. Tout va très vite. J'ai peut-être mes défauts mais Dassault ne me tient pas par les couilles, moi. C'est pour ça que Churchill disait que la démocratie était le pire des régimes à l'exception de tous les autres. À cause de la conquête. Ils arrivaient tous complètement pourris au sommet. Eh bien c'est fini tout ça.

Macron reprit sa respiration. Il chercha un truc à dire dans le coucher de soleil brumeux.

— En tout cas, si je boucle le pays sur huit kilomètres autour du Mont-Saint-Michel, ils me font la peau. Supprimer le statut des cheminots, oui, boucler un bout de pays, non.

Brigitte ne laissait jamais passer ses mauvaises inspirations. Elle ne supportait pas qu'il soit moyen. Pas un type de sa trempe. Pas son Manu à elle. Elle le calma :

— Arrête de penser à tes réformes tout le temps. Tu nous fatigues.

Elle se tourna, ouvrit grands les bras.

— Quand on prend le Taj Mahal dans la figure, on est totalement impressionné. C'est une certaine idée du beau et de la perfection, non ?

Macron renifla. Il déboutonna la manche gauche de sa chemise, commença à la rouler. Le berger répondit à la bergère :

— Elle est bien cette phrase, garde-la pour les journalistes. Qu'est-ce qu'ils foutent d'ailleurs ?

Jean-Claude Carrière recula d'un pas. Brigitte dit :

— Ils les font monter dans des voiturettes.

Jean-Claude Carrière dit :

— Ils ne sont pas nombreux.

Brigitte Macron ajouta :

— TF1, France 2…

Macron compléta :

— AFP, *Paris-Match*.

Brigitte remporta le duel :

— Et le photographe de Mimi[2].

— Et le photographe de Mimi, évidemment...

Manu dit à Jean-Claude Carrière :

— Tu sais que Narendra Modi ne parle même plus à la presse ?

— Ah bon ?

— Oui, pas de conférences de presse. L'anti-Hollande. Il parle à ses fans et à ses followers. Quarante-trois millions sur Facebook, quarante et un sur Twitter. Il ne parle directement qu'à ses communautés. Communautés de fidèles, communautés de croyants, appelle ça comme tu veux. Moi, par exemple, j'ai bientôt trois millions de followers et un peu plus de deux millions de fans. J'ai du retard. Dix-huit mille misérables abonnés sur ma chaîne YouTube. Le vieux monde a du retard. Il faut y aller à fond sinon nous serons submergés. Et si je n'ai qu'une mission, c'est celle-là. Faire entrer l'Europe dans l'avenir. Bon, en ratio, je suis devant lui sur Facebook et Twitter. La seule qui rivalise avec moi, c'est Marine Le Pen. Et Mélenchon. Il doit être au million sur Facebook. Il est bon sur YouTube surtout. C'est son truc YouTube.

Brigitte s'en mêla :

— Ce n'est pas la panacée pour la démocratie. Il n'y a plus aucun débat d'idées. Tout n'est pas à

---

2. Surnom de Michèle Marchand, créatrice de *Bestimage*, dite « la baronne de la presse people ».

jeter dans l'ancien monde, comme tu dis. Le beau. On a inventé le beau, déjà. Le nouveau monde dont tu parles est parfois très faux.

– Nietzsche disait : le monde est faux, cruel, dépourvu de sens, il nous faut des mensonges pour conquérir cette vérité. Nietzsche avait raison. La beauté est vraie. Mais il faut mentir pour y accéder. Et Narendra a raison lui aussi. C'est ce que nous appelions la réalité qui est faux. Il a raison. Avec son église, il se place sur le registre de la vérité, tu vois. Le monde est faux. Oui. Le monde est dramatiquement faux. La vérité est dans les écritures. C'est exactement pour cette raison que les confrontations sont aussi violentes sur les réseaux sociaux. Les gens y défendent la vérité. Et on ne transige pas avec elle.

– Tu exagères.

– Je viens de raccrocher avec Theresa May. Elle dit que c'est Poutine qui a tué l'espion russe.

– Et alors c'est vrai, non ?

– Sans doute, si elle le dit, que je le dis, que Trump l'approuve et que le monde entier le raconte. Sans doute pas pour les conspirationnistes en tout genre et pour les Russes. C'est tellement explicite comme signature, le poison. Ça ne peut donc pas être lui pour eux. Mais nous allons soutenir que c'est lui pour nous. Et il va faire 75 % dès le premier tour dimanche prochain.

Jean-Claude Carrière demanda :

– Il va faire 75 % ?

– Oui, pour de vrai.

– Ce type me fait peur.

– Il tue des gens avec du poison, il est old school. Et en même temps, il manipule des milliers de comptes Twitter, les réseaux sociaux, il a plongé à fond dans le nouveau monde. Mais il ne faut pas avoir peur de lui. La France est un grand pays. Il l'a bien compris au château de Versailles. Son budget militaire est inférieur au mien, quand même. C'est pour ça que j'ai remis les militaires au pas dès mon arrivée au pouvoir. Le frangin de Villiers[3], il est bien gentil, mais on dépense plus que la Russie pour nos soldats. Près de 50 milliards. Ils ont tout de suite arrêté de se foutre de ma gueule.

Les voiturettes électriques arrivèrent. Les journalistes triés sur le volet étaient surexcités. Ils étaient invités à la visite privée. Ils s'extasiaient. Ils braillaient. TF1 et France 2 doublaient les TV en continu. L'AFP était la reine de la presse écrite. *Paris-Match* allait faire un photoreportage aux petits oignons.

Jean-Claude Carrière avait eu le temps de renseigner Brigitte sur Shâh Jahân, l'empereur moghol qui avait fait ériger le palais en mémoire de son épouse Arjumand Bânu Begam. Il lui avait dit que les quatorze sourates noires du Coran incrustées dans le marbre blanc signifiaient qu'ici était le Paradis. Brigitte lui avait dit que Philippe Étienne, le conseiller de son mari, était venu en novembre et qu'il leur avait ciselé un programme ménageant le nationalisme de Modi et les deux cents millions

---

3. Le général Pierre de Villiers a démissionné de son poste de chef d'État-Major des armées le 19 juillet 2017. Il est le frère cadet de Philippe de Villiers.

de musulmans. Son mari ne commettait jamais la moindre erreur. Elle ne lui indiqua pas que les musulmans français avaient voté Macron. Qu'ils faisaient confiance à Macron parce que Macron était un libéral. Il savait que la laïcité intransigeante des masses et de certaines élites était une résurgence du racisme. Brigitte Macron avança vers son mari. Elle le prit par le bras. Ils s'éloignèrent. Elle dit :

– On ne devrait pas faire comme les autres.

Les autres, c'étaient Lady Di, Vladimir Poutine, Bill Clinton, Jacques Chirac, Nicolas Sarkozy. Lady Di avait posé son cul seule sur le banc des amours. Elle en était morte. Vladimir avait posé son cul avec Lyudmila sur le banc des amours. Ils avaient divorcé. Bill Clinton avait posé son cul avec sa fille sur le banc des amours. Bill était un putain de pervers. Jacques Chirac avait posé son cul avec Bernadette sur le banc des amours. Bernadette était la plus grande cocue de France. Nicolas Sarkozy avait posé son cul avec Carlita sur le banc des amours. Nicolas allait mal finir, Carlita aussi. Nicolas allait être placé en garde à vue et mis en examen pour la Libye. Nicolas et Carlita semblaient défoncés à la schnouf.

– On ne va pas s'asseoir sur ce banc.
– Tu crois ?
– On ne va pas s'asseoir sur ce banc.

Macron réfléchit.

– Bien sûr que non, tu as raison.

Brigitte désigna une barrière devant le long bassin qui remontait jusqu'au Taj Mahal.

– On va se mettre là, le Taj Mahal derrière.

– Oui, on ne va pas respecter les règles. Il ne faut jamais respecter les règles. C'est exactement ce que j'ai dit aux jeunes hier. Venez faire vos études chez nous. Évoluez à contre-courant, comme moi. Décidez par vous-mêmes. Just do it !

– Comme ça, on n'offense personne. Là-bas, c'est le banc de l'empereur et de son amoureuse. C'est leur histoire, pas la nôtre.

Manu et Bibi se placèrent devant la rambarde. Macron était en bras de chemise. Brigitte avait passé le pouce dans son dos, à l'intérieur de la ceinture de son pantalon. Il dit :

– Tout ça ne s'arrêtera pas demain, ni dans un mois, ni dans trois mois.

Brigitte Macron respira à pleins poumons. Elle s'émerveillait de tout. Elle souriait à tous. Elle intriguait les plus désabusés. Les photographes et les caméras allaient en avoir pour leur argent. Elle allait prendre son chéri par le nœud de cravate, offrir la soixante-cinquième position du Kâma Sutra au monde.

Mercredi 28 février

LA COLONNE BARBARE :
les conjectures de l'aube

Au large du Sahara occidental
À partir de 18 h 16 (heure locale)

Olivier Barnerie était allongé sur sa couchette depuis quarante-cinq minutes, à l'arrière bâbord. Son jeans collait aux quadriceps de ses cuisses. Il faisait 26 °C depuis le départ des Canaries. Non stop. Les vagues frottaient sous la nacelle. Les vagues tapaient sous la nacelle. Le catamaran partit en surf à 18 nœuds.

Sa couchette sentait la gerbe. Il avait dégobillé son café dans les toilettes douche de sa cabine à 10 h 48. Olivier Barnerie n'aurait pas dû dire qu'il aimait la voile. Il avait fait quinze jours de hobie cat au Cap d'Agde pendant que sa mère se faisait bronzer la chatte à l'air. Sa mère était une grande poule qui se beurrait la gueule et niquait les semaines de pleine lune. Elle avait l'alcool coutumier et la baise astrale.

Le souffle de l'océan lui retournait le bide et lui floutait les pensées. Il n'y avait plus rien que la mer et lui. Le bruit, la mer et lui. Et Jean-Paul Grimandi.

Le *colonel* Grimandi. Le bruit venait de nulle part. Le bruit venait des rails océaniques. Jean-Paul Grimandi cria à travers la porte :

— Je file me reposer une heure. Le pilote est sur auto. Tu mets 2, 3 degrés tribord si tu vois que le génois déconne, comme je t'ai montré, OK ?

Olivier Barnerie dit :

— OK. J'arrive... Excuse-moi.

— Prends un cachet de Stugeron, je les laisse sur la table du carré. Ça sert à rien de jouer au pseudo-héros, j'ai besoin de toi en pleine forme ici et surtout dans quatre jours.

Olivier Barnerie se redressa. Il descendit de la couchette. Son genou gauche cogna la porte. Olivier Barnerie avait déjà un bleu sur la cuisse droite. Il avait glissé sur le pont le jour du départ. Il planquait l'hématome et réduisait la douleur à l'aide d'antalgiques. Il leur restait quatre jours de vertige avant de rallier Nouakchott. Les antalgiques l'empêchaient de prendre du Stugeron. Olivier Barnerie était hypocondriaque. Sa mère avait fait trois TS aux cachetons. Il était phobique des croisements médicamenteux.

C'était la nuit. C'était la nuit dans la washing-machine. C'était la nuit sur la mer de diamants. La vie lui apprenait à vivre. Son cœur tournait à cent vingt pulsations minute. Les vagues frottaient sous la nacelle. Les vagues tapaient sous la nacelle. Le catamaran partit en surf à 15 nœuds.

Olivier Barnerie s'accrocha aux mains courantes, à la cloison, à tout ce que ses longs bras trouvaient dans la semi-obscurité. Il parvint à la grande table pour six personnes. Il y avait trois rouleaux de billets de cinquante euros et un étui à cartes. Il y avait une boîte de Stugeron et un cendrier rempli de mégots Dunhill.

Les coussins sentaient le tabac froid. Les meubles sentaient le tabac froid. Son T-shirt beige sentait le tabac froid. Ses poils de nez sentaient le tabac froid. Un mégot roula sur la table. Le vent chaud souleva les cendres. Les cendres se répandirent sur le bois. Olivier Barnerie frotta les cendres et examina l'ordinateur de bord au-dessus de la table à cartes. L'odeur de tabac froid lui fila la gerbe. Cap : 215°. Vent apparent : 32 kt. Vitesse du bateau : 11,5 kt. Le plat de sa main était noir. Il l'essuya sur son jeans. Les vagues frottaient sous la nacelle. Les vagues tapaient sous la nacelle. Le catamaran partit en surf à 16 nœuds.

Olivier Barnerie ouvrit l'étui à cartes. C'est l'étui à cartes qui le demanda. Il lut les informations comme sur une carte au trésor. Jean-Paul Grimandi avait cinquante et un ans. Il mesurait 1,87 m, son grade était colonel. Jean-Paul Grimandi était membre de la Direction générale de la sécurité extérieure. Olivier Barnerie fit un rapide calcul. Le fusil d'assaut HK G3 se balançait au portemanteau à droite de la porte ouverte sur le cockpit. Le fusil d'assaut comptait avec lui. Il devait y avoir deux cents billets par rouleau. Ça faisait trente mille. Jean-Paul Grimandi lui faisait confiance. Le fusil d'assaut insista. Le fusil d'assaut voulait compter jusqu'à l'infini. Jean-Paul Grimandi avait un look de chanteur, des dents caramel. Jean-Paul Grimandi était colonel de la DGSE. La DGSE l'avait recruté pour déjouer un attentat contre l'une des plus hautes personnalités de l'État. Le colonel Grimandi croyait en lui. La DGSE croyait en lui. Olivier Barnerie allait payer un informateur soudanais en Mauritanie. Les vagues frottèrent sous la nacelle. Les vagues tapèrent sous la nacelle. Le catamaran partit en surf à 18 nœuds.

Jean-Paul Grimandi survolait *Guerre et paix* en édition La Pléiade dans la cabine arrière-tribord. Jean-Paul Grimandi s'appelait Gérald Hébert. Gérald Hébert ne s'appelait jamais Gérald Hébert[1]. Hébert avait huit identités qui lui permettaient d'ajuster la réalité à ses intuitions. Ses intuitions étaient son principal facteur de réussite. Sa réussite était un gage de sécurité. Hébert était un sous-traitant. Les États sous-traitaient le renseignement comme ils sous-traitaient la guerre. Hébert était un exécutant. Il exécutait les tâches selon une grille tarifaire adaptée à la clientèle. Hébert détestait la lecture. Le colonel Grimandi était plus raffiné que lui. Grimandi relisait Tolstoï. Hébert se tira sur le prépuce. Sa lampe frontale transperça les pages. Hébert était né pour être quelqu'un d'autre. Les pages parlèrent une autre langue. Hébert était bien. Hébert aimait le colonel Grimandi.

Le colonel et le petit Barnerie avaient une houle de quatre mètres au cul et les alizés soufflaient à fond. *Shamad* était un catamaran sud-af construit pour le portant. Le vacarme faisait penser à un wagon de transit qui file après sa chance. Le petit Barnerie avait le mal de mer. Le petit Barnerie avait les chocottes. Le petit Barnerie était là pour

---

1. Voir *La Politique du tumulte*, La Manufacture de livres.

vomir, pour avoir la pétoche, oublier son monde. C'était Secondi qui avait appris à Hébert l'utilité des milieux hostiles pour conditionner les cerveaux humains. Médicaments, drogues, répétition des tâches, story-telling. C'était Hébert qui avait pensé la voile comme milieu idoine. L'idéologie se pliait toujours aux exigences des rencontres et de l'expérience. Grimandi était le sauveur du petit Barnerie. Le petit Barnerie était un porteur d'eau. Il devinait enfin le soleil derrière les collines.

Hébert ferma les yeux et se laissa bercer par les flots. Le ventre de sa mère devait ressembler à sa cabine. Hébert n'avait pas vraiment eu le temps de l'aimer. Hébert prenait le temps d'aimer l'océan. Hébert adorait le colonel Grimandi. Le colonel Grimandi choyait le petit Barnerie. Il allait en faire autre chose qu'un petit merdeux.

Le colonel Grimandi avait déjà bossé avec le petit Barnerie. C'était quatre ans auparavant. Le petit Barnerie lui avait refilé des infos sur son groupe de nazillons niçois qui projetaient de buter des personnalités politiques. Le petit Barnerie était vierge. Grimandi n'avait pas vendu les infos à la DGSI. Grimandi n'avait vendu les infos à personne. Le Mouvement National Nouvelle Aurore était une bande de branleurs qui valaient que dalle. Leur mot d'ordre était « *Rebeus, blacks, dealers, migrants, racailles, djihadistes, si toi aussi tu rêves de tous les tuer, nous en avons fait le vœu, rejoins-nous !* ». Ils se racontaient le soir qu'ils en bandaient pour Aube dorée. Leur leader était un ancien d'Action française Provence qui était parti sur Nice parce que sa boîte de photocopieurs l'avait muté là-bas. Il s'appelait Cyrille Hector. Cyrille Hector promettait à ses débiles d'enclencher le processus de remigration de la France pour contrer le grand remplacement des blancs par les gris. Hébert se méfiait des doubles prénoms. Patrick Henry, Émile Louis : il ne les aimait pas. Cyrille Hector n'était pas un suprémaciste blanc. Cyrille Hector kiffait Adolf Hitler à la télé et les croix gammées en vitrine. Cyrille Hector était un trou de balle.

Le petit Barnerie avait viré catho après le M2NA. Dieu était le seul héritage de sa mère. Il allait à la messe avec maman. Il lisait la Bible avec maman. Il priait avec maman. Sa mère disait que Dieu était miséricordieux. La miséricorde était infinie. Le chemin lumineux existait par-delà les charbons ardents.

Grimandi l'avait convaincu de passer des idées à la con à l'action pour de vrai. Le petit Barnerie allait aider son pays à démanteler un réseau salafiste qui projetait d'attaquer la République en son cœur. C'était plus grandiose que de fomenter des complots imaginaires contre Ségolène Royal après trois rhums arrangés dans le salon merdique d'un immeuble bourgeois du vieux Nice avec des pédés refoulés.

Olivier Barnerie ouvrit la boîte de Stugeron. Il décapsula un cachet, le plaça sur la langue. Il but un demi-litre de la bouteille d'eau minérale qui roulait dans l'évier. Le HK G3 comptait les minutes. Olivier Barnerie avait la gerbe mais c'était quelque chose. Le quelque chose allait faire de lui quelqu'un. Jean-Paul Grimandi était ce qui lui manquait dans la vie. Le HK G3 allait compter encore longtemps. Ils allaient survivre à l'océan.

Hébert fit le ménage dans sa tête. Hébert faisait le ménage deux fois par jour. C'était l'un de ses troubles obsessionnels. Il rangeait toutes les merdes entassées dans sa cabeza. Hébert fit deux colonnes. La colonne de droite et la colonne de gauche. Il classa à droite tout ce que le petit Barnerie savait et à gauche tout ce que le petit Barnerie ne savait pas.

Le petit Barnerie savait qu'il allait remettre un sac contenant trente mille euros à Tarik Abou Zeïd, un Soudanais d'AQMI qui revenait de Syrie, en échange de renseignements. Le petit Barnerie savait qu'il devait répondre au nom d'Abdelkader Al-Faransi. Le petit Barnerie savait que le colonel Grimandi s'appelait Fayçal Şahin pour cette opération et que Fayçal Şahin baisait avec sa tante. Le petit Barnerie savait que le 11 Septembre n'avait jamais existé. Le petit Barnerie s'était aspergé le cerveau des élucubrations de Thierry Meyssan. Le petit Barnerie biberonnait de la potion magique *Égalité et réconciliation*. Le petit Barnerie n'aimait pas les Juifs. Le petit Barnerie ne connaissait pas son père. Le petit Barnerie savait que sa mère était fille unique et que sa tante s'appelait Christine.

Le petit Barnerie ne savait pas qu'il allait être photographié par des agents du Mossad à qui Hébert avait donné l'info. Le petit Barnerie ne savait pas qu'Abdelkader Al-Faransi avait été approché par Abu Rayyan Al-Baljiki sur les conseils de Fayçal Şahin, un Franco-Turc maqué avec Bilal Erdogan qui revendait du pétrole à Daesh. Le petit Barnerie ne savait pas qu'Abu Rayyan Al-Baljiki l'avait abordé sur Call of Duty. Le petit Barnerie ne savait pas qu'Abdelkader Al-Faransi discutait tous les jours avec Abu Rayyan Al-Baljiki du 11 Septembre, des Juifs, de la foi. Le petit Barnerie ne savait pas qu'il avait fallu quinze jours à Abu Rayyan Al-Baljiki pour le convaincre qu'ils avaient des fondamentaux opposés mais une analyse similaire du monde, le même sang souillé venu de l'Afrique. C'était le complexe militaro-industriel américain qui avait monté le 11 Septembre dans l'intérêt des sionistes. C'était l'US Navy qui avait jeté le corps de Ben Laden à la mer. Ben Laden n'était qu'un homme de paille de la CIA qui avait formé les moudjahidin pour virer les cocos d'Afghanistan. Le principal problème du Moyen Orient était l'État d'Israël. Il y avait peut-être eu des atrocités durant la Seconde Guerre mondiale mais les Juifs et la CIA s'étaient inventé six millions de morts pour créer un État et voler leur terre aux Arabes de Palestine. Jésus était un prophète. Le Coran certifiait que Jésus était un bon prophète. Allah n'était que la traduction littérale de Dieu. Le petit Barnerie ne savait pas que le pognon qu'il allait remettre au Soudanais était l'argent que le mec de sa tante s'était engagé à faire transiter de Syrie jusque dans une école coranique de Nouakchott. Le petit Barnerie ne savait pas qu'il s'était formé au cryptage de données en suivant les tutos diffusés par le compte Twitter @IslamicState-Tech. Le petit Barnerie ne savait pas qu'Abdelkader Al-Faransi était un néo-converti d'Allah, que *Shamad* appartenait pour de vrai à Fayçal Şahin, que Fayçal Şahin était la cinquième identité de Gérald Hébert. Le petit Barnerie ne savait pas que son passeport allait être tamponné par la douane mauritanienne *à son entrée* et *à sa sortie*, que le colonel Grimandi l'enverrait bientôt en Turquie, à la frontière syrienne. Le petit Barnerie ne savait pas qu'il allait être embauché chez un chocolatier parisien réputé début avril. Le petit Barnerie ne savait pas qu'il allait dire en temps et en heure à Abu Rayyan Al-Baljiki qu'il allait buter Emmanuel Macron. Le petit Barnerie ne savait pas qu'il allait se démembrer à l'explosif. Hébert savait ce qu'il y avait dans la colonne de droite et ce qu'il y avait dans la colonne de gauche. Hébert savait tout ce que savait le colonel Grimandi et bien plus encore.

Olivier Barnerie s'était assoupi sur la table. L'AIS indiquait qu'un cargo brésilien de cent soixante-douze mètres doublait à tribord. Grimandi était devant la gazinière. Il tripota son iPhone et les Rita Mitsouko sortirent des enceintes. Dans l'habitacle et sur le pont. *Madame s'éveillait… dans la nuit…* La voix du colonel Grimandi fit sursauter Olivier Barnerie. Le colonel Grimandi dit :

– Ton père est martiniquais, c'est ça ?

Barnerie écarquilla les paupières. Il était 02 h 32. Il fit comme s'il se marrait, qu'il n'avait jamais dormi.

– C'est à cause de lui que j'ai ce nez de négro mais je l'ai échappé belle, je suis plus blanc que ma mère.

Olivier Barnerie avait un nez épaté, des cheveux roux et crépus qu'il rasait à trois millimètres. Il ajouta :

— Je ne l'ai jamais vu. Il était marin. Il est peut-être mort.

— Et ta mère ? Elle est corse ?

— Elle est née en Balagne. Mais c'est une Corse de Marseille. Et ma grand-mère est ardéchoise... Ma mère a juste fait un voyage. Elle est tombée enceinte de la mauvaise personne. Et on n'avorte pas dans notre famille.

— C'est bien ta barbe. Il faudra la couper bientôt. Et te faire pousser les cheveux.

— Me faire pousser les cheveux ?

— Oui, te faire pousser les cheveux. Tu vas aller habiter à Paris et j'ai besoin de toi avec des cheveux.

Olivier Barnerie balança un gloussement parce qu'il n'avait rien d'autre à balancer. Le colonel Grimandi l'étudia sous toutes les coutures. Le petit Barnerie était poli, un brin maniéré. Il avait fait une licence de droit à la faculté de Nice, empilé les petits boulots. Il n'était pas fait pour l'école. Il était désormais chauffeur-livreur chez United Parcel Service et Captain Repair le soir. Il changeait des écrans d'iPhone pour arrondir les fins de mois. La vie semblait aller mieux depuis qu'il avait rencontré Carine. Carine l'avait largué il y a trois mois. Au bout d'un an et demi. Sans explications. Le petit Barnerie déjeunait avec sa mère tous les dimanches midi. Andres Breivik et les nazis, c'était du passé. Il fallait qu'il se tire de la Côte d'Azur. Il avait besoin d'un nouveau départ. Il ferait un excellent livreur à La fabrique du chocolat. Le colonel Grimandi était là. Le catamaran partit en surf à 15 nœuds.

Hébert passa au solde, la fusion des plus et des moins. Il avait choisi le petit Barnerie parmi six dossiers. Le dossier du petit Barnerie était le moins plausible. C'était son mentor qui lui avait appris à choisir le moins plausible comme mère de tous les détournements. Le racisme d'extrême droite était un fascisme. Le terrorisme islamique était un fascisme. La domination masculine était un fascisme. Dépasser les limitations de vitesse était un fascisme. Manger du poulet élevé en batterie était un fascisme. Le fascisme était beaucoup moins tendance que le vegan. Catherine Ringer gémit un *sur la mer*. Le colonel Grimandi contourna le bloc-cuisine. Il passa une main sur l'épaule du petit Barnerie.

– Allez, viens, on va danser dans la nuit…

Dimanche 28 janvier 2018

WHAT THE FUCK : Hiybbprqag

Novo Ogarevo[1]
À partir de 11 h 00 (heure locale)

Vladimir Poutine était rentré dans la nuit de Touva où il avait fait du traîneau torse nu sous de la peau d'ours blanc et derrière de grands chiens qui ressemblaient à des loups. Les images avaient été diffusées le samedi soir sur les TV du pays.

Poutine était en slip. Il enchaîna cinq séries de trente pompes dans la salle de sport de la propriété présidentielle. Il considérait la pompe réussie quand la croix qui pendait autour de son cou touchait le sol. Il fixa une serviette blanche autour de sa taille et s'assit sur un banc médical. La sueur ruisselait entre ses omoplates.

Poutine lut un article d'*Izvestia* sur les nouvelles lubies du président Macron. Le nouveau petit caporal frenchy réglementait les médias pour contrer Sputnik et Russia Today comme à la belle époque

---

1. Résidence officielle du président de la Fédération de Russie, à l'ouest de Moscou.

de la guerre froide. Il avait annoncé avec tambours et trompettes pour ses vœux aux Français une grande loi anti-fausses nouvelles pour stopper « les moyens de propagande articulés avec des milliers de comptes sur les réseaux sociaux » qui « en un instant répandent partout dans le monde, dans toutes les langues, des bobards inventés pour salir un responsable politique, une personnalité, une figure publique, un journaliste ».

Son masseur mongol, un colosse de la montagne Kharkhiraa qui avait des mains bizarrement minuscules et absolument magiques, entra dans la salle de sport couverte de lattes de pin de Sibérie. La pièce sembla rétrécir d'un coup. Poutine salua Ganzorig d'un hochement de tête et le gratifia d'un sourire aimable. Il ferma le journal et le posa sur le banc. Ganzorig retira le journal sans prêter attention à la photo de l'article et aux généreuses dents du bonheur qui donnaient son petit charme à Emmanuel Macron.

Poutine s'allongea sur le dos. Ganzorig lui enduisit les pectoraux et la ceinture abdominale d'huile de dragon. Poutine contrôla une légère érection due aux caresses, aux picotements de la potion chauffante qui entrait dans sa peau et à la tiédeur de la pièce dont la ventilation diffusait une odeur de lilas. Ganzorig vérifia la position des hanches du président russe et ses articulations inférieures. Il insista sur la malléole droite puis il attrapa le petit pectoral juste sous l'aisselle. Un rictus barra le visage blême de Poutine. Les muscles de ses mâchoires se contractèrent jusqu'à ce que le sang lui monte aux tempes.

Poutine savait que *l'extérieur* lui était bénéfique *à l'intérieur*. L'Occident le détestait. Les dirigeants occidentaux le prenaient pour Joseph Staline. L'Occident n'était qu'un sublime coucher de soleil. Les Européens étaient dupes. Trump était un asticot géant élevé au maïs transgénique. À grands coups de démocratie illibérale, de persécutions des homosexuels en Tchétchénie et grâce à des millions de comptes Facebook et Twitter tout à fait libres, la Pravda occidentale le faisait passer pour un méchant dictateur anti-pédés.

Le détester, c'était détester la Russie, et plus la Russie était détestée, plus les Russes l'aimaient. D'autant que son peuple gardait de l'amertume au fond des tripes. La Russie avait sacrifié dix-huit millions des siens pendant la Seconde Guerre mondiale sans que personne ne lui en soit jamais reconnaissant. Les Russes allaient voter pour lui en mars. Il serait à nouveau président.

Poutine savait que le beau gosse de l'Europe décatie était un petit Don Quichotte de pacotille si irrémédiablement imbu de lui-même qu'il était convaincu de gagner la bataille. C'était de vivre dans les ors qui lui faisait tourner la tête. La bataille n'existait pas. Macron devait se répéter en s'endormant qu'il posait le cul sur le siège de De Gaulle, réunissait les parlementaires dans le château de Louis XIV et qu'il aurait un destin à la Napoléon. Macron devait ne plus en trouver le sommeil. Sa vraie qualité était de paraître très rafraîchissant sur les photos à côté de Merkel et bien docile en compagnie de Poutine. Au Kremlin, au bord de la mer

Noire ou dans la taïga, Poutine se prenait toujours pour Poutine. Il regardait le monde comme un opéra de Mikhaïl Glinka.

Poutine sourit. Ganzorig était son moment préféré du dimanche. Ganzorig lui faisait mal et Ganzorig lui faisait du bien. Une fois le pectoral ramolli, le Mongol passa au périnée. C'était ce petit muscle toujours dur et douloureux entre ses testicules et son anus qui donnait à Poutine un faciès de tortionnaire. Il serrait trop les dents et semblait en vouloir à la terre entière. La position de la main droite de Ganzorig lui était très inconfortable. Poutine était à la merci de quelqu'un et il détestait ça.

Après dix minutes de manipulation, Poutine passa sur le ventre et Ganzorig lui administra le massage final. Il était 11 h 58 quand le Mongol se retira, deux minutes avant la selle quotidienne du président russe. Vladimir Poutine était gentil avec les gens mais intransigeant avec les W-C. C'était son secret pour garder le ventre plat. À 12 h 08, Poutine sortit des toilettes et fila à la douche. Il se rinça les fesses à l'eau tiède et se renifla les doigts. Долбаный Космос sortait par les enceintes. Poutine aimait bien Olga Marquez, la chanteuse. Il lisait son blog et suivait ses conseils nutritionnels. Le rock lui rappelait le jeune homme qui aurait dû passer a l'Ouest et qui avait été fidèle a la mère patrie. Il y avait de la mélancolie post-punk et de la violence de Leningrad dans l'ADN de l'agent Platov[2]. Poutine tapa dans ses mains. Il virevolta

---

2. Nom de code de Vladimir Poutine au KGB.

autour de lui-même en sautillant comme un cabri à travers la buée. Il joua du tam-tam sur son ventre comme quand il était enfant.

Maria frappa à la porte vitrée de l'immense douche romaine. Poutine cessa de danser et ouvrit. Maria était une vieille femme toute plissée qui portait le même prénom que sa fille aînée. Elle était la seule personne à pouvoir pénétrer dans sa chambre ou à le déranger durant sa douche. Maria ne lui avait jamais demandé un service et Poutine ne lui en avait jamais proposé. Maria était la Russie éternelle. Elle lui tendit une serviette, il s'essuya la main. Son engin était ni-grosni-petit. Maria ne le remarquait plus. Elle baissa le son avec la télécommande.

– Votre appel, comme convenu.

Poutine referma la porte et coupa l'eau de la douche. Il vérifia s'il discernait le bout de ses pieds. Il aperçut son gros orteil. Il appuya sur pause.

– Comment vas-tu, camarade Evguéni ?

– Excellemment bien, Vladimir, mais pourquoi donc m'appeler camarade ?

Goulianov était un de ces milliardaires qui lui servaient la soupe dès lors qu'ils étaient devenus milliardaires grâce à lui. Il vivait principalement à Toronto et était en quelque sorte son ambassadeur personnel et clandestin en Amérique du Nord.

– Pour te rappeler d'où tu viens et à qui tu le dois, Evguéni. Et je te conseille de donner du Monsieur le président aujourd'hui.

– Très bien, Monsieur le président.

– Où es-tu ?

– Au-dessus de l'océan Pacifique, en vol pour Taïwan.

– Tu es au manche ?

– Exactement, Monsieur le président.

– Alors un petit coup bas en préparation chez l'oncle Sam ?

– Non, mais pourquoi me demande-t...

Poutine le coupa :

– Il y a eu une sortie de 61 millions de dollars de l'une de tes réserves secrètes. En direction du Panama. Va droit au but, camarade. J'ai une journée excessivement chargée.

– Tu me fais surveiller ?

– Le monde entier est surveillé, camarade Evguéni. Par des yeux comme les tiens. Par conséquent, si la concurrence mobilise mes moyens, je le sais... Immédiatement.

– J'allais évidemment t'informer, Monsieur le président, mais j'attendais de finaliser le dossier pour te faire une surprise.

– Pour me faire une surprise ? Je t'ai vu parlementer avec les Jarenka à New York il y a quinze jours.

– Mais Monsieur le président... la cible est tellement...

– C'était après une partie de polo sur Governor's Island. J'ai lu la conversation sur tes lèvres.

– Mais...

– 61 millions sont sortis et 92 millions sont entrés... Ils venaient des Bermudes. C'est une sacrée belle commission, camarade Evguéni ! C'est pour payer les vacances de ta sœur ?

— Attends, Vladimir, attends…

Poutine éleva le ton :

— Je n'ai pas sacrifié la vieille école sur l'autel de l'algorithme, camarade, et je commence à perdre patience. Confirme-moi juste la cible.

— Mais j'attendais d'être sûr à 300 % avant de te livrer la bonne nouvelle. L'affaire est énorme pour toi ! Tu as ma parole, Monsieur le président !

— Il n'y a que l'argent qui vous intéresse. Tous. Pendant ce temps, l'Occident me fait passer pour l'homme le plus riche du monde ! Ils vous appellent les oligarques. Et ces enculés d'oligarques, dont tu es un éminent représentant, essaient toujours de me baiser, tu le sais.

— Tu te trompes sur mon compte, président. Tu te trompes.

— Disons alors que je te crois, Evguéni. Confirme-moi simplement la cible.

— Maintenant, sur cette ligne ?

— C'est ma ligne, camarade, la ligne la plus sûre du monde.

Goulianov reprit son souffle. Goulianov hésita. Goulianov lâcha :

— Emmanuel Macron.

Poutine renifla. Il serra le poing. Personne n'avait jamais rien lu sur les lèvres d'Evguéni Goulianov. Poutine se frotta le torse avec sa serviette.

Poutine n'aimait pas les Français. Ceux qu'il connaissait portaient en étendard une fausse humilité dont ils étaient les seuls à connaître la recette et qui les rendait bien souvent vaniteux et insupportables. Sarkozy, Hollande, Macron, Le Pen,

Depardieu... Poutine avait un petit faible pour Depardieu qui semblait être tombé dans une marmite de vin chaud lorsqu'il était enfant. Et il avait été civil avec la grosse dinde qu'il avait reçue au Kremlin durant la campagne présidentielle de 2017. Il s'était dit que Marine Le Pen avait une bonne gueule de clubbeuse qui avait trop appuyé sur la boisson. Mais c'étaient tous les mêmes et Macron était champion du monde toutes catégories. Il avait même eu la désobligeance de le traiter comme un égal lors de sa réception à Versailles le 29 mai 2017. Il demanda :

– Qui sont les commanditaires officiels ?

– Daesh, Monsieur le président. Ils ont demandé Daesh. J'ai pensé qu'il était opportun de faire d'une pierre deux coups. Par rapport à Bachar, je me suis dit, enfin la dernière fois, tu as insisté pour que...

Poutine le coupa :

– Et les motifs de la commande ?

– Je n'en ai aucune idée, Vladimir. Avec ces gens... Je veux dire, tu sais, ils sont tous fous. Kim Jong-un est un type excessivement prévisible comparé à eux. Le rouquin est le plus rationnel de la bande.

– Monsieur le président.

– Excuse-moi : Monsieur le président.

– Tu as bien pensé, camarade Evguéni. Je te félicite. Ces gens ont des idées de génie. Ils n'arrêteront jamais !

Poutine marqua une pause.

– Ouvre le cockpit, l'hôtesse souhaite te remettre un cadeau. Pour te féliciter de ta prise d'initiative.

— Un cadeau ? Mais…

— Tu es sur pilote automatique. Ouvre cette porte. Tu le mérites.

Il y avait bien une hôtesse derrière la porte du cockpit. C'était Irina, l'hôtesse habituelle. Goulianov la fusilla du regard. Elle bafouilla :

— C'est un cadeau du président Poutine. Il m'a été remis en main propre par monsieur l'ambassadeur à notre départ de Montréal.

— Ouvre la boîte, camarade Evguéni, cette ravissante jeune femme n'y est pour rien.

La boîte formait un cube en bois de cinq centimètres de côté incrusté de nacre. Evguéni Goulianov bloqua sa respiration et ferma les yeux. Quand il les rouvrit, il vit l'alliance de sa grand-mère.

Après deux secondes de silence, Poutine ajouta :

— Je veux une traçabilité du virement bancaire et valider la date. Il faut que ça fasse musulman. Tu m'entends ? Musulman.

Goulianov n'arriva pas à émettre le moindre son.

— Qui est le sous-traitant ?

— Le Француз.

— Celui qui t'a donné un coup de main pour Litvinenko ?

— Oui, Monsieur le président. Le vidé de la DGSE.

— DST, renseignement intérieur, camarade Evguéni.

— Très bien. Excuse-moi, Monsieur le président. Notre ami Bachar va pouvoir…

Poutine le coupa :

– Tais-toi, camarade Evguéni. Bachar n'est pas mon ami. Bachar est un moyen d'action.

Il ajouta :

– Le Француз a été recruté et formé par le colonel Secondi[3]. C'est un bon choix. Tu connais le mode opératoire ?

– Non, pas encore.

– C'est un spécialiste du poison.

– Oui.

– Il ne faut pas que ça fasse russe, Evguéni. Tu as bien compris ? Il faut que ça fasse musulman.

– Il garantit la revendication de Daesh, Vladimir.

– Monsieur le président.

– Accepte mes excuses, Monsieur le président.

Goulianov sortit sa botte secrète, persuadé que son Falcon 8X pouvait exploser à tout moment.

– Un ami a localisé Sergueï Skripal[4].

– Skripal ?

– En Angleterre.

– Ce n'est pas ta zone géographique.

Vladimir Poutine mit un coup de pied dans le vide. Sa voûte plantaire glissa sur le sol et projeta de l'eau contre le mur de la douche.

– Ton ami est mon ami avant d'être le tien. Dis-lui qu'il parle beaucoup trop.

– Mais je ne voulais p…

– Cesse de vouloir, Evguéni. Contente-toi d'être riche. Je vais m'occuper de notre ami, ne t'inquiète pas.

---

3. Héros de *La Politique du tumulte*, La Manufacture de livres.
4. Ancien agent du renseignement militaire russe, empoisonné le 4 mars 2018 en Angleterre.

— Président, je te présente mes excuses. Je ne recommencerai plus.
— Très bien, Evguéni. Si tu me doublais à nouveau, il te faudrait de toute façon te résoudre à m'offrir ta vie.

Jeudi 18 janvier 2018

D-DREAM : la vendetta des Titans

Cannes
À partir de 16 h 05 (heure locale)

Aksana avait garé la Maserati Quattroporte à l'angle de la rue des États-Unis et du boulevard de la Croisette. Evguéni lui avait demandé d'attendre devant la boutique Van Cleef and Arpels. Le moteur du huit cylindres en V tournait au ralenti depuis neuf minutes. Aksana vérifia son rouge à lèvres dans le rétroviseur central. Le n° 999 Mate Metal de chez Dior était assorti au cuir des sièges et des portières. Il relevait la lèvre supérieure de sa bouche slave. Evguéni était son frère cadet. Elle n'avait personne d'autre sur terre depuis trop jeune.

Aksana examina le blond peroxydé de ses cheveux mi-longs et bouclés. Elle ferma les paupières. Elle passa une main sur ses seins siliconés. Elle songea à son cul qui mollissait malgré ses trois séances de cross-fit hebdomadaires. Aksana n'était plus la miss du district de Sosnita, l'adorable orpheline de Bondarivka. Elle tripota l'alliance de sa grand-mère qu'elle portait à l'auriculaire droit, regarda la mer. Elle se reprit, régla la température du chauffage conducteur sur 21 °C et celle côté passager sur 25 °C. Son rendez-vous avait quatre minutes de retard.

Une main gantée tapota la vitre fumée côté conducteur. Un grand gars avec un menton carré et des yeux vairons contourna le véhicule. Aksana déverrouilla la fermeture centralisée. Le grand gars s'appelait Hébert. Evguéni le connaissait du temps de l'OuRPO[1]. Hébert avait une bouche à la Jacques Brel avec des dents du bonheur partout, des oreilles deltaplane. Il portait un jean noir et un blouson en cuir usé. Il se posa sur le siège en cuir, ferma la portière. Hébert sourit.

– Enchanté de vous revoir, Aksana.
– Gérald.

Hébert régla la température du chauffage côté passager sur 19 °C. Aksana dit :

– J'ai entendu dire que le président Hollande vous avait poussé vers la sortie depuis notre dernière rencontre…

– Vous avez entendu dire que Sarkozy a commencé à épurer tous les serviteurs trop zélés de Chirac dès qu'il a pris Beauvau et que j'ai fait partie d'un vaste plan social. Il a bien trop fragilisé les services à mon goût mais ravi son fidèle Squarcini[2] qui était à la manœuvre. Hollande n'a

---

1. Service de surveillance et d'action contre la criminalité organisée du FSB.
2. Ancien directeur de la DGRI.

viré personne, tout au plus quelques têtes pensantes. Mais je ne suis pas ici pour bavasser, vous non plus, et vous pouvez être directe avec moi, Aksana. Je vous rappelle que nous avons baisé ensemble même si notre dernière rencontre remonte à plus de dix ans.

Aksana serra les dents. Elle dit :

— Vous êtes vulgaire.

— Si vous aimez les bruits de chiottes, montez une boutique de plomberie avec Evguéni. Sinon, il vous reste quatre minutes d'entretien.

— Vous lui avez dit un jour qu'il fallait cent millions de dollars pour faire disparaître le président de la France. Pouvons-nous dire qu'il est probable que votre président puisse encore disparaître pour une telle somme ?

— Je lui ai signalé que tous les fantasmes étaient réalisables et qu'ils avaient un prix. Le prix, en l'occurrence, est de cent millions d'euros.

— Certes mais un contrat de ce type est-il toujours envisageable ?

— C'était en 2013. À l'été 2013, au bord du lac Léman, à Lausanne, précisément.

— Et ?

— Et je pense que ce président ne vaut pas plus que son prédécesseur qui ne valait pas plus que le sien. C'est le même bonhomme à l'intérieur. Il a une gueule de premier communiant et maîtrise parfaitement sa communication mais il est entouré de personnes de la même race.

Aksana rétorqua :

— Peu importe que vous aimiez ou pas la personne, vous tueriez votre propre mère pour la même somme, n'est-ce pas ?

— Mes parents sont aussi morts que les vôtres. Il vous reste trois minutes.

Aksana força son rire.

— Nous proposons cinquante millions de dollars payables en bitcoins.

— Vous proposez cent millions d'euros payés en euros.

Elle s'essuya le coin de la bouche avec l'index droit. Elle sortit son iPhone et ouvrit son compte Telegram. Hébert dit :

— Embrassez Evguéni de ma part.

Hébert connaissait bien Goulianov. Il avait conduit le colonel Secondi à son premier rendez-vous avec l'Ukrainien à Genève en novembre 1990, quelques mois avant l'arrivée de Boris Eltsine au pouvoir. C'est l'agent Platov du KGB qui avait mis Secondi et Goulianov en relation. Hébert s'en souvenait parce qu'il se souvenait de tout, qu'Evguéni Goulianov mesurait 1,58 m et qu'il lui manquait une phalange au pouce gauche. Hébert avait sympathisé avec Goulianov. Début 1999, ils avaient bossé en duo sur une filière tchétchène qui faisait du business en France et préparait des attentats à Moscou. Le duo avait marché comme sur des roulettes. Hébert appréciait Evguéni. Il lui avait même appris la belote coinchée. Evguéni était une source intarissable de défis et de revenus. Aksana reçut un message : « 564 342 ». Elle entra le code карнавал[3] et écrivit : « 100 M€ ». Hébert demanda :

— Qui ?

— Je ne peux pas vous le dire, vous le savez bien.

— Je ne vous demande pas pour qui vous travaillez, je vous demande qui est le commanditaire officiel.

— *Allahu akbar*.

— Évidemment. Allah a bon dos.

— Vous allez y arriver ?

— La question n'est pas de savoir si je vais y arriver mais pourquoi ils n'ont jamais essayé.

Aksana sourit.

— Pourquoi n'ont-ils pas plus d'idées ? Pourquoi font-ils toujours dans le bas de gamme ?

— Ils ont les idées. Ils manquent seulement de soldats.

— Il y a beaucoup d'attaques et tout autant de martyrs.

— Ils tuent en Turquie, au Soudan, en Irak, en Afghanistan. Paris, Nice, Londres, l'Espagne : il y a très peu d'attaques ici et finalement bien peu de morts. Tout ça est sporadique mais largement suffisant pour permettre à nos dirigeants d'installer la terreur économique sur les masses.

— Seriez-vous devenu stalino-complotiste, Gérald ?

— J'ai toujours eu une analyse pragmatique des choses.

— Qu'entendez-vous par là ?

---

3. En russe : carnaval.

– Rien de plus que ce que je viens de dire. Je peux faire un carnage en cinq minutes, vous savez. Et personne ne fait de carnage toutes les cinq minutes.

– Quel moyen vous faudrait-il pour tuer cinq cents personnes d'ici un quart d'heure ?

– Un camion-benne et un centre commercial. Mais le ratio décès/terreur serait bien meilleur si nous attendions le Festival de Cannes.

– Vous auriez dû faire politicien.

– Ils disparaissent. Nous perdurons.

Aksana rit de bon cœur. Hébert régla la température des chauffages côté conducteur et passager sur 25 °C. Hébert se racla la gorge.

– Vous êtes vulgaire, Aksana. Et il ne vous reste plus que trente secondes.

L'iPhone d'Aksana vibra. Elle lut : « OK. J'informe mon client. Il n'y a aucun problème. On boucle avec lui, ma chérie. » Elle dit :

– C'est OK.

– D-Day ?

– Soyez prêt pour la fin de l'été. Nous vous donnerons les instructions.

Aksana ajouta :

– Vous pouvez nous garantir une revendication de Daesh ?

– Bien évidemment. Mais je vous l'ai déjà dit en quelque sorte. Vous connaissez mes méthodes. Si Evguéni me sollicite, c'est qu'il veut du résultat.

Hébert sortit un étui à cigares de la poche intérieure de son blouson. Il le décapsula et fit glisser un petit rouleau de papier dans la paume de sa main.

Il se pencha sur Aksana. Il l'embrassa et glissa le petit rouleau entre ses lèvres.

– Ce sont les références bancaires. 50 millions sous quarante-huit heures, 50 millions la mission accomplie.

Hébert sortit de la Maserati. Hébert se lécha les lèvres. Il adorait la saveur du cuir gras et de la poudre à joue.

Jeudi 28 décembre 2017

AU COMMENCEMENT :
« Hello world ! »

Washington DC
À partir de 20 h 17 (heure locale)

Donald Trump considérait Jared Kushner comme son fils. Jared était assis sur le gros fauteuil en face du sofa de couleur buff. Donald Trump était avachi sur le sofa. Donald Jr. était emmerdé à côté de Donald Sr. C'était la deuxième fois que le sofa posait un problème grave à Jared. Le salon avait pourtant été choisi par Ivanka. Ivanka Trump était la seule et unique First Lady des États-Unis d'Amérique, en plus d'être sa femme.

Le 28 février 2017 était la première fois. Kellyanne Conway avait pris sa pose de pute devant les présidents de lycées et universités noirs du pays. À genoux sur le sofa. Jambes serrées et jupe courte. La conseillère com de Beau-papa avait déclenché une tempête qui avait duré vingt-quatre heures et que Jared pensait avoir contenue au monde occidental.

Aujourd'hui était la deuxième fois. À la même place que la blondasse. Beau-papa chialait de rage et Beau-papa chialait pour de vrai. Les larmes de rage et les larmes de vérité se mêlaient sur ses pommettes gonflées, creusaient son fond de teint. La bouche de Donald Trump dessina un croissant de lune en bas de son visage. Le croissant de lune s'orienta vers le tapis. Les caresses que Donald Jr. administra sur la cuisse droite du président, les mêmes qu'il administrait à Catherine, la lapine naine obèse qu'il possédait petit, n'y changèrent rien. Ils étaient cuits. Beau-papa, Junior, Ivanka, Jared : TOUS. Leur clan était attaqué de toute part. Leur bonne étoile avait foutu le camp.

Jared considéra une nouvelle fois le bureau ovale, la position occupée par les 1,90 m, et 110 kg de Donald Trump. Il se convainquit qu'il ne s'agissait pas de celle du soleil au cœur de l'orbite terrestre même si Junior portait une cravate dorée aussi flashy que celle bleu roi de son père.

Dix des douze feuillets du blanc transmis à Jared par Mike Pompeo[1] étaient roulés en boule sur le tapis. Beau-papa les avait survolés un par un pendant que Jared les avait expliqués ligne par ligne. Beau-papa roula en boule le onzième. Jared accéléra la cadence.

Beau-papa jeta la boule. Les onze boules formèrent comme des nuages de coton mouillé sur la devise E PLURIBUS UNUM, juste au-dessus du pygargue à tête blanche qui tenait dans ses serres le rameau d'olivier et les flèches de la guerre. Beau-papa lacéra le dernier feuillet. Beau-papa le déchi-

---

1. Directeur de la Central Intelligence Agency à partir du 23 janvier 2017 et secrétaire d'État depuis le 13 mars 2018.

queta. Beau-papa jeta les confettis. Les confettis volèrent dans l'air sec et mouchetèrent de secrets le Grand Sceau des États-Unis. Mike Pompeo était un bon gars.

Le général Flynn[2] n'était que la partie émergée de l'iceberg. Sa tête offerte sur un plateau était le hors-d'œuvre et sa contrition un écran de fumée. Jared le savait. Le Russia Gate conduirait Beau-papa là où Nixon aurait dû crever s'il n'avait pas décidé de démissionner. L'automne 2018 serait plus sanglant que l'été 74. L'impeachment arriverait bien plus tôt que prévu et conduirait à un procès pour trahison. Beau-papa qui pleure devant ses juges. Beau-papa qui fait des doigts sur CNN à l'Amérique. Beau-papa foutu sur le gril. Beau-papa coupé en tranches et transformé en T-bone ultra-bleu. Les datas pour remplacer les barbecues.

Jared se pinça la lèvre inférieure. L'opprobre n'aurait rien à voir avec l'affront enduré après la condamnation et l'emprisonnement de son père pour subordination de témoins et fraude fiscale. L'opprobre serait infini, l'exécration ultime. Jared se murmura :

– Oy Vaï[3] !

Donald Trump répétait en se tapant sur les genoux :

– Mais qu'est-ce qu'on va faire, les fistons, qu'est-ce qu'on va faire ?

---

2. Vingt-cinquième conseiller à la Sécurité nationale, démissionnaire le 13 février 2017.
3. Juron juif pouvant signifier « Ô malheur ».

Junior se risqua :

— Comme d'habitude, 'pa, un bon tweet et tout va rentrer dans l'ordre... T'inquiète pas.

Donald Trump pivota. Il attrapa le biceps de Junior et serra. Donald Trump ne pleurait plus. Il hurla en postillonnant sur son fils :

— Ta gueule, maintenant, ferme ta petite gueule !

Il essaya de reprendre son souffle.

— C'est très grave, tu sais, fiston, excessivement grave même. Nous sommes dans un bourbier sans nom, comme tu peux pas imaginer... Mike est avec nous. C'est pas un marrant. Il ne blague pas du tout. C'est pas de l'esbroufe.

Il ajouta :

— Mais c'est pas de ta faute tout ça. C'est de la mienne. J'aurais jamais dû te faire sortir de mes couilles. Parce que ça a commencé là, c'est pour ça que t'es allé voir cette putain d'avocate rouge, c'est ça le problème, t'es mon fiston, c'est parce que t'es sorti de mes couilles. J'aurais pas dû envoyer tous ces têtards nager dans la chatte de maman Ivana, j'aurais dû me retenir, éjaculer à l'intérieur. Tu sais qu'on peut éjaculer dans sa propre vessie si on est entraîné, Junior, tu le sais ça ?

Il lâcha le biceps de Junior et dit :

— Explique-lui, toi, Jared, dis-lui qu'il faut s'entraîner, travailler, et qu'en s'entraînant et en travaillant, on réussit tout dans la vie, comme moi, comme toi, comme Ivanka.

Donald Trump réajusta sa veste de costume.

— Regarde, Junior, j'ai même réussi à devenir beau. L'argent m'a rendu beau, les femmes me veulent toutes, elles veulent sucer Donald Trump, le plus grand président des États-Unis d'Amérique. Si je ne m'étais pas entraîné, si j'avais pas travaillé, si je m'étais fait dorer la pilule au soleil ? J'aurais grillé, fiston, explosé comme du pop-corn. Et toi ? Toi ? Bordel ! Tu t'es fait avoir comme un gosse. Putain de bordel de merde. Ivanka est sortie de mes couilles aussi, c'est ta sœur, tu le sais ça, qu'elle est sortie de mes couilles ? Mais elle a travaillé, Ivanka. Ouais, elle a travaillé. Et elle est persévérante. Elle se serait jamais fait niquer par une pute du KGB. Elle aurait pas donné rendez-vous à des Russes à la Trump Tower. La Trump Tower ! Si j'avais écouté Bannon[4], je t'aurais lynché en place publique, fiston.

Donald Trump reprit son souffle.

— Mais nous sommes une famille, une dynastie même, on se serre les coudes dans la tempête. Et rien n'est pire que la couardise. Et puis je t'aime. Je vais te le prouver. Je vais te montrer mon amour, fiston.

Le Golem avait ressuscité. Jared était l'impeccable gendre. Jared avait assisté 62 984 825 Américains pour rejouer Rabbi Loew & Cie. 62 984 825 Américains avaient marqué le nom de Dieu sur son front. Ils avaient juste oublié de lui installer une clé dans le dos et une fente à la place de la bouche pour remplir leur poupée de terre et de sang de kérosène et lui foutre le feu pour Hanoukka.

---

4. Steve Bannon a été conseiller du président Trump du 20 janvier au 18 août 2017.

La secrétaire du président frappa à la porte. Elle pénétra dans le bureau ovale et se dirigea vers Jared. C'était une grande bonne femme du Sud, sèche comme une trique. Elle traversa la pièce pendant que Donald Trump hurlait. Elle tenait haut un immense plateau en argent qu'elle maniait aussi précautionneusement que ceux de carpe farcie au mariage de son grand. Donald Trump ne la remarqua pas. Junior avait encore dit une connerie. La secrétaire porta le plateau à Jared. Jared saisit le papier sur le plateau et le déplia. Donald Trump se leva et approcha de Junior. La secrétaire sortit et referma la porte. Le Golem ouvrit la main droite au-dessus de l'épaule de son fils. Le Golem allait frapper Junior. Jared lut le mot :

Les sept minutes d'attente du président Macron seront bientôt écoulées. Merci de m'indiquer la marche à suivre.

Jared allait donner les instructions à Donald Trump mais ce dernier abandonna Junior à son sort, se tourna et dit :

— Il faut faire diversion, Jared. Il faut raser la Corée, tester le feu nucléaire, bombarder Rocketman, venger Ike une bonne fois pour toutes. Parce qu'il a dû baisser son pantalon ce putain de Texan de mes deux, hein, Jared ! Il a baissé son pantalon, pas vrai ? Dis-le à Junior. Dis-lui que le grand Ike Eisenhower a baissé son futal devant les niakoués !

Jared dit :

— Il faut prendre le président Macron en ligne, père. Tout de suite. Pour le reste, nous allons trouver une solution.

Donald Trump explosa de rire.

— Ce petit enculé de Macron est le seul mec à m'avoir tordu la main devant une tripotée de caméras, tu sais ça ? Mais il avait travaillé son coup, pas vrai ? Il avait étudié mon coup fétiche dans les moindres détails. Et je lui dois une revanche.

Il pointa Jared du doigt.

— Je crois bien qu'il a des vues sur ta femme. Il veut niquer Ivanka. C'est la CIA qui me l'a dit. Et lui aussi, il me l'a presqu'avoué pour son défilé militaire des Champs-Élysées avec les chars et les avions et tout. Tout le monde veut Ivanka, fiston. Je le sais. Je le sais depuis qu'elle est née. C'est la plus belle femme du monde. Si c'était pas ma progéniture, je voudrais Ivanka rien que pour moi, ma septième merveille du monde... Et tu le sais pas ça, hein ? Dis-le que tu le sais pas !

Jared le savait. Beau-papa l'avait déjà dit plusieurs fois en public. Beau-papa l'avait déjà dit devant la presse. Shooté à lui-même. Beau-papa adorait le rire qui sort des tripes. Beau-papa en bandait pour Ivanka.

— Pourquoi tu fais cette tête, Jared ? Parce que j'ai envie de baiser ma fille quand l'autre se tape sa mère ? J'aurais pas le droit de l'attraper par la chatte ?

Donald Trump respira, avança, chopa son gendre par le col. Il le souleva du fauteuil.

— On est en finale, Jared. Il faut pas une solution. Il faut gagner. Gagner encore et toujours. Je veux une diversion. Une putain de diversion. LA GRANDE DI-VER-SION !

Jared serra le poing. Beau-papa le lâcha juste à temps et épousseta sa chemise. Jared écrasa une boule de papier avec son mocassin droit. Il calibra Beau-papa en costume-cravate, ses chaussettes qui boulochaient sur le tapis du bureau ovale.

Il fallait peut-être officialiser la séparation entre Melania et Beau-papa. Il fallait peut-être faire tomber les accords commerciaux et se tirer du G7. Il fallait peut-être dénoncer l'accord sur le nucléaire avec Téhéran, démettre Tillerson de ses fonctions, déclarer la guerre à l'Iran et transférer l'ambassade à Jérusalem. Et il faudrait de toute façon que Beau-papa s'applique la grâce présidentielle à lui-même.

Mais bombarder Rocket Man était une très mauvaise idée. La CIA travaillait à faire de Donald Trump le grand artisan de la réconciliation des deux Corée.

Les visions évanescentes imprimèrent sa matière grise. Les visions se précisaient toujours et les visions lui foutaient les boules. Il fallait qu'elles adviennent. À tout prix. Il vit Emmanuel Macron déguisé en Hercule. Il vit Evguéni Goulianov. Evguéni G. était un ancien du FSB qui possédait un haras dans le Vermont. Il lui avait vendu Julia Venesia II, sa jument argentine, pour le polo. Evguéni G. était ukrainien. Il faisait dans le gaz de schiste. Il était ami avec Poutine. Evguéni G. lui avait certifié que son pote Vladimir voulait la tête de Macron sur un pic façon Louis XVI depuis leur première rencontre à Versailles. Evguéni G. lui avait parlé du marché à un milliard trois en Alaska. Evguéni G. avait soutenu les investissements de la Kushner Company et placé deux millions de dollars dans la caisse noire de campagne de Beau-papa. Il adorait donner des coups de pouce. Jared l'avait présenté à ses amis israéliens.

Une deuxième vision évanescente débarqua. C'était Ivanka à travers le soleil, les seins nus, son buste sortait d'une longue queue de sirène. Ivanka susurrait des mots au goût de miel à Emmanuel Macron. Ivanka léchait les lobes d'oreilles d'Emmanuel Macron.

Les deux visions évanescentes se superposèrent. Elles ne firent qu'une. La nouvelle vision était désormais lumineuse. Jared dit :

– Je crois que j'ai ce qu'il faut. Laissez-moi faire. C'est moins risqué que la Corée. Mais c'est une diversion colossale. Il me faut juste… disons… un peu d'argent. Et carte blanche !

La bouche de Beau-papa s'étira vers son oreille gauche. D'habitude, ça voulait dire *oui*. Puis la bouche de Beau-papa forma un croissant de lune et le croissant de lune s'orienta vers la providence. Donald Trump lui tapota la joue et lui offrit un clin d'œil. Donald Jr. souriait. Donald Jr. adorait ce bureau. Il fallait que l'histoire se perpétue. Pour des siècles et des siècles.

Le président des États-Unis d'Amérique se dirigea vers son bureau. Il s'assit et décrocha le combiné téléphonique.

– Emmanuel ! Excusez-moi, il se fait très tard chez vous, n'est-ce pas ? Mais vous travaillez toujours tard, vous êtes dans la force de l'âge, vous n'êtes pas un vieillard comme moi ! Oh-oh-oh, ah ! Comment allez-vous, mon ami ? Et Brigitte, comment va Brigitte ? Votre femme est ra-vissante, vous savez. Brigitte est la France. Et vous savez comme j'aime la France ! En tout cas, je suis heureux de vous entendre. C'est la meilleure nouvelle de cette putain de journée.

Lundi 29 janvier 2018 – 04 h 38

Mid-atlantic ridge, 7 758 m de fond
15 degrés 38' 19'' Nord
45 degrés 25' 33'' Ouest
Sur le voilier *L'Aventurière*
Pas de connexion depuis vingt-et-un jours.

Postface

Les éditions Points remercient le 45ᵉ président des États-Unis d'Amérique d'avoir accepté de postfacer ce roman. Pour autant, les propos tenus ici n'engagent que leur auteur, Donald J. Trump.

* * *

I love France[1]

Votre président m'a toujours tapé sur les nerfs. C'est le genre de gars à ne rien faire comme les autres et à le faire savoir. Je veux dire, Melania est née le 26 avril 1970, et elle a vingt-quatre ans de moins que moi. Et c'est comme ça depuis la nuit des temps. C'est ce que Steve Bannon a dit. J'ai envoyé Bannon en sous-main en Europe foutre le bordel et rendre la

---

1. Cette postface a été traduite de l'américain par Jacques Mailhos, qui a reçu les deux plus prestigieux prix de traduction en France, le prix Amédée-Pichot de la Ville d'Arles et le prix Maurice-Edgar-Coindreau.

parole au peuple. Et il a dit quoi ? Il a dit dans mon bureau que c'est « la génétique de l'histoire ». C'était dans mon bureau. Et c'est foutrement scientifique. C'est énorme et c'est vrai. Dans les cavernes, les femelles humaines mobilisaient tous leurs charmes pour se reproduire avec le mâle dominant de la horde sauvage. C'était juste une question de survie. Oui, de survie. Ça a toujours été une question de survie. Voilà pourquoi seuls certains mâles baisaient les femelles les plus belles et les plus malignes. Et pour eux, comme pour moi, ça n'a jamais vraiment été qu'une question de baise. C'est évidemment une preuve et un instrument de pouvoir. C'est ça le pouvoir, imbéciles ! Et c'est fort. Parce que tout est une question de pouvoir. La Trump Tower, les premiers pas sur la Lune et bientôt les premiers pas sur Mars, Melania, Air Force One, Batman, l'Amérique, tout.

L'Histoire avance, hein ! Et pourquoi ? Parce que des hommes comme moi veulent le pouvoir. Ils exercent le pouvoir et conduisent l'humanité vers ce qu'elle doit être. C'est ça le pouvoir, imbéciles ! Ils sont bons. Ils sont malins. Je suis un gars malin, vous savez. Emmanuel Macron se voit si fort qu'il est persuadé qu'il peut modifier la marche de l'Histoire. Mais il sort avec Brigitte, bon sang ! Il n'est pas grand. C'est bien la preuve que c'est impossible. Je l'aime bien Brigitte, attendez, je ne parle pas de la personne, je ne parle jamais des personnes, je ne dis pas de mal des gens, je suis un sucre d'orge, j'aime mes enfants, je leur caressais les cheveux quand ils étaient petits. Mais Brigitte n'est pas Wonder Woman ! Et Superman sort avec qui ? Superman sort avec Wonder Woman.

Pas vrai ? Clark sort avec Loïs mais pas Superman. Non. C'est de la connerie. Ça n'existe pas. C'est *fake*. Ne croyez jamais les gens qui vous racontent que Superman sort avec Loïs-la-binoclarde. Ils ne le connaissent pas. Ils n'ont jamais vu Superman, c'est des racontars. Ils croient à la kryptonite ! Je n'y crois pas. Je lis les rapports de la NASA. Charles Bolden est peut-être moitié négro, mais il m'a confirmé que ça n'existait pas. Et Charly est directeur de la NASA. Nommé par Barack-Blanche-Neige-Obama, même. Vous ne me croyez pas ? Si vous êtes un affreux libéral communiste, vous le croirez, lui. Vous êtes mauvais et vous le croirez juste parce qu'il est noir et juste parce que c'est un ami d'Obama.

En tout cas, moi, je connais Superman. Et la vérité c'est que, si je n'étais pas avec Melania, je ne pourrais pas fermer leur claque-merde à ces hurluberlus du climat. Ils disent quoi ? Ils disent que les Américains doivent rester au chômage pour sauver la vie de trois Pygmées sur deux atolls du Pacifique. Vous les connaissez, vous, ces scientifiques *fake* qui veulent persuader le monde que la fonte des icebergs va détruire l'humanité ? Formidable ! Mais ils veulent tuer l'Amérique. Les glaçons n'avaient même pas le temps de fondre dans le whisky de mon père, le grand Fred, bordel de merde ! Le GIEC, c'est quoi ? Ça n'existe qu'avec le fric du milliardaire rouge George Soros. Le schwarz a payé des vendus pour écrire des méchancetés contre ma politique. Et alors ? Et alors, ils ont obtenu le prix Nobel de la paix avec Al Gore. C'était le vice-président de Bill Clinton et son cigare, le type ! Vous voyez où je veux en venir ? Suivez mon petit doigt. La boucle est bouclée. Croyez-moi. Et voilà pourquoi le président des États-Unis d'Amérique ne sortira pas avec une prof de vingt-quatre ans de plus que lui. Non. Pas une prof, déjà. Non mais quelle blague ! Et pas une conquête plus âgée ! Jamais. Si le type aime se farcir des vieilles, il le fera en cachette. L'afficher comme votre président… non mais ! Vous savez ce que c'est ? C'est un truc de pédé.

J'ai lu un rapport de la CIA. La CIA affirme que Poutine pense comme moi et que ses robots numériques ont diffusé la rumeur que votre président était gay. Il est bon, Vlad, il avance à visage découvert. Et n'allez pas penser ce que je ne pense pas. J'ai des amis gays, moi, je suis *gay friendly*. J'adore les gays. Les gays n'aiment pas les gays, les gays aiment la liberté et les gays votent aussi pour moi. Mais je suis président des États-Unis d'Amérique. Je suis milliardaire. Melania est la preuve de mon pouvoir. Sortir avec une femme plus âgée prouverait quoi ? Le contraire. Ça prouverait le contraire, croyez-moi. Et je sais bien que les grands esprits du siècle vont dire que c'est un raffinement insensé de la civilisation (LEUR FORMIDABLE HISTOIRE D'AMOUR). Mais la vérité, hein ! Oui, la vérité… la vérité, c'est que la civilisation part complètement en sucette. Et si vous ne pensez pas comme moi, et après tout vous en avez parfaitement le droit, sachez que le peuple, lui, pense exactement comme Donald Trump et que je suis Donald Trump. Croyez-moi. Et qui est Donald Trump ? Juste l'homme le plus puissant du monde. Ce n'est pas vrai ? Je ne suis pas le type qui a attrapé Melania, un mannequin slovène aux yeux de biche, et qui lui a fait un gosse ? Mais bien sûr, mon petit génie blondinet, le Barron, le seul qui a été fabriqué avec mon testicule droit et qui sera ma descendance et la descendance de l'Amérique quand il entrera à son tour à la Maison Blanche. Vladimir Poutine me respecte pour ça. Parce que, dans la caverne, Melania serait venue vers moi. Pas vers lui, vers moi. Il n'y avait pas le KGB dans la caverne. Poutine le sait parfaitement. Le peuple le sait aussi. Le peuple est bon. Le peuple ne lutte pas contre la génétique de l'Histoire. Le peuple ne pense pas comme les cerveaux brillants qui fument de la marijuana dans les jardins publics de San Francisco pour faire chic ou les bataillons démocrates formés à Princeton. Même pas comme les génies de l'algorithme libéral de Wall Street. Le peuple pense que ce sont des abrutis, ces gens, des putains de pervers dont les idées ont conduit au 11 septembre 2001, à Daesh, à la ruine et à la pauvreté, et à Barack Obama. Les vrais gens sont bons. Ils veulent que tous ces connards soient condamnés à la peine de mort pour ne pas avoir à les tuer de leurs propres mains et à faire disparaître les taches de leur sang dégénéré de leurs corps souillés.

Le peuple a toujours raison. Oui, croyez-moi. Quand vous ne l'écoutez pas, quand vous êtes un imposteur qui veut entraver l'action des hommes puissants alors que vous n'êtes pas un homme puissant, juste un garçon qui préfère faire du ski ou palabrer et lire des livres plutôt que gouverner, quoi ? Si vous vous mettez en travers de ceux qui font marcher le monde, vous savez quoi ? Qu'est-ce qui se passe ? Qu'est-ce qui arrive ? Le peuple vous le dit ! Le peuple vous le fait comprendre, il brûle les Champs-Élysées et vous déclare la guerre. Il a dit quoi, votre président ? Il est arrivé et il a dit : Je suis Jupiter ! Ce n'est pas vrai ? Il l'a dit, c'est vrai, c'est la vérité. Il l'a dit. Je me bidonne. J'ai vu à la télévision ces millions de métallos. Ils brûlent votre plus belle avenue du monde en tenue de travail ! Ils bossent où ? Chez ArcelorMittal ? C'est bien la tenue de chez Mittal, pas vrai ? Même CNN a dû en parler. Des écrans jaune fluo, de partout. Tous les médias *fake* ont été obligés d'en parler chez nous. Et dans le monde entier, croyez-moi, parce qu'on sentait la fumée de votre pays à feu et à sang jusque dans les jardins du Capitole. Tout le pognon de George Soros n'y peut rien. Le peuple ne veut pas des migrants. Le peuple ne veut pas de ces salopards de la finance. Le peuple veut du travail et des barrières douanières, il veut des murs entre les nations parce qu'il veut rester ce qu'il est. Pas vrai ? Je suis un menteur ? Bien sûr que non. Réfléchissez. Soit vous êtes du peuple et vous êtes d'accord, soit vous n'êtes pas du peuple mais vous pouvez réfléchir. Réfléchissez bien à ce que veut le peuple. Il veut que le fruit de son travail bénéficie à ses enfants, pas à des Portoricains et à des Arabes qui veulent transformer nos pays pour qu'ils ressemblent à leurs pays. Vous voulez que la France ressemble à l'Afrique ? Vous voulez ça ? Vraiment ? Le peuple a déjà coupé la tête de Louis XIV. Parce que ce type était trop faible. Il était bien parti avec Versailles, mais sa Marie-Antoinette était un tromblon. Pas vrai ? Elle était mannequin ? Avec sa tête de loutre ! Elle était roulée ? Non mais rien de tout ça. Et si on laissait faire le peuple, il planterait la tête de votre président au bout d'un cure-dents géant. Pourquoi ? Parce que le peuple veut manger des hamburgers, avoir un bon toit et un peu d'argent pour partir aux Caraïbes se faire dorer la pilule. Et il veut y aller en Boeing. Parce que Boeing, c'est le meilleur avion du monde. J'en ai discuté avec une hôtesse de l'air française, ouais, française, et elle m'a dit que Boeing était le meilleur avion, plus carré, plus grand, plus d'espace, mieux. Croyez-moi, Boeing est un bon avion.

Noam Chomsky pense exactement pareil. Je communique avec lui sur Telegram. Vous ne me croyez pas ? Pourtant c'est vrai, vous pouvez me croire. Il paraît que je ne dois pas le dire. Que c'est mauvais. Pour mon image. Mais je vous le dis. Cet enfoiré d'anarchiste libertaire m'envoie des idées sur Telegram. C'est la vérité. Il m'a dit que vos ouvriers veulent TUER JUPITER. C'est ça qu'ils veulent dans leur cœur. Ils ne casseront plus rien si vous leur donnez votre président. Laissez-leur votre président deux secondes. Ils le détestent. Ils le haïssent. Il est méchant. Ils sont bons. Le peuple aime les gens comme moi. J'embrasse les gens, je leur fais des bisous. Ce n'est pas vrai ? Ce n'est pas vrai que le peuple est bon ? Il veut des bisous ! Croyez-moi. Même Chomsky pense comme moi. Non mais vous connaissez Noam Chomsky ? C'est un communiste. Il a une photo du mausolée de Lénine dans son salon. Et il avait pigé deux trois trucs bien avant tout le monde. Déjà, que le peuple veut raser les élites, les décapiter, et qu'il a ses raisons. Et je vais vous dire un truc – je l'ai jamais dit publiquement par respect pour nos morts, mais je crois que Noam Chomsky avait aussi raison sur le Vietnam. Que nos enfants américains n'avaient pas à mourir là-bas. Tout ça, c'est la faute des Kennedy ! Noam Chomsky n'aime pas les Kennedy. Il aurait buté Bobby Kennedy si la CIA ne s'en était pas chargée. C'est peut-être un communiste, mais il est pour la liberté et il a théorisé les hologrammes et la post-vérité, et votre président, Macron, là, c'est un hologramme. Il faut être communiste pour lire des livres. Alors je ne lis pas les livres de Chomsky. Je déteste les livres. Mais que dit la NASA ? Comme Chomsky. Et Chomsky dit que votre président est mort. C'est psychologique. Il est fini maintenant. Non mais Noam Chomsky, bordel ! Bravo ! Bravo ! Bravo. Il dit que je suis le personnage principal de l'Histoire, non ? Ce n'est pas vrai ? Il paraît que je suis le personnage principal. Qu'il le dit ! Moi, Chomsky… Incroyable ! C'est juste incroyable. C'est un communiste. Je suis Donald Trump. Et il le dit. C'est que ça doit être vrai, non ? Si un communiste dit ça de moi, vous pensez que ça peut être faux ? J'incarne le mieux le monde. Je suis le personnage principal. Je suis le personnage principal même pour un communiste. Et putain, nom de Dieu, c'est vrai ! Je n'aime pas jurer, mais c'est vrai. Donald Trump est entré au panthéon de la vérité. Bien sûr que c'est vrai. Je suis l'époque, je suis l'Histoire. Et ça veut dire quoi ? Que plus rien n'est vrai et que plus rien n'est faux, non ? Vous ne croyez pas ? Comme on le pensait avant, et encore plus qu'avant, et où tout le monde commence à le comprendre encore mieux, pas vrai ? Ça veut dire ça, juste ça, et rien que ça. La vérité a foutu le camp. Croyez-moi ! Elle file entre les doigts des sachants, des journalistes, des universitaires, des sondeurs, des pasteurs, tous ceux qui l'écrivaient AVANT. Elle est ailleurs. Je sais où elle est MAINTENANT.

Vous savez comment marche le monde ? Il faut crier fort. Il faut être violent. Il faut parler court. Être compris par tout le monde. Par le peuple. C'est fini le temps où un gauchiste écrivait sur un ton bien bourgeois dans le *Washington Post* des putains de mensonges en pagaille imprimés sur les rotatives durant la nuit et distribués au petit peuple le matin. Les types soi-disant intelligents me prennent pour un tocard ignorant et complètement fou ? Je sais ce que je fais. Je suis un gars malin. Je suis milliardaire. Il me suffit d'ouvrir Twitter. J'hurle. Parce que le bruit est infernal. On est au pub, pas vrai ? Les gens sont tous ivres. Il y a trop de tweets, trop d'articles, trop de tout. Tout le monde gueule. Tout le monde est ivre. Moi je suis sobre, je sais ce que je fais. Je suis un gars malin, je vous dis. Vous ne me croyez pas ? Regardez bien. Le seul qu'on entend, vous savez qui c'est ? C'est Donald Trump, et Donald Trump, c'est moi. Je suis adapté au système et je me suis adapté au système. Et le système sélectionne les plus adaptés à ce qu'il est. C'est Darwin. C'est scientifique. La science, putain ! Tous ces brillants diplomates, ces enfoirés de ronds-de-cuir qui veulent préserver leur pré carré et léguer leur propriété dans le Vermont à leurs chiards sont des nabots. Ils ont réglé le problème de la Corée ? Non, ils nous ont menés jusqu'aux portes d'une guerre nucléaire. Il a fallu que je trouve le code de la porte blindée qu'ils avaient perdu et que j'ouvre cette foutue porte. Et leurs rapports m'ont servi à quelque chose ? Leurs idées m'ont été utiles ? Les types me parlaient de la guerre de 1953 ! Du mur de Berlin ! Qu'est-ce que les gens en ont à foutre du mur de Berlin ? Vous savez comment Donald Trump a fait ? Il a dit qu'on était tombés amoureux Kim et moi. Oui, j'ai juste dit que j'étais amoureux de Kim Jong-un. Vous auriez vu la tronche de tous les ronds-de-cuir ! Mais leur tronche n'est pas le monde. Pas le monde entier. Le monde entier a entendu que j'étais amoureux de Kim Jong-un et Kim Jong-un l'a entendu lui aussi. Le monde n'aurait rien entendu d'autre. Le monde fonctionne comme ça désormais. Et il n'y a plus de porte, plus de code, plus rien, l'amour est partout et ces putains de Coréens vont recommencer à niquer du Nord jusqu'au Sud. Tous ensemble. C'est exactement ce qu'il fallait dire. Le texte faisait moins de cent quarante caractères, et c'est parfait là où je m'appelle @realDonaldTrump, le Donald Trump réel qui existe toutes les secondes. Voilà comment fonctionne le monde et voilà pourquoi je suis la pluie de feu !

Si vous pensez comme cet enfoiré d'avocat qui était mon avocat et qui a déclaré au Congrès que j'étais un menteur invétéré, que je mentais depuis le premier jour, comme si j'étais un menteur congénital, continuez à penser ce que vous voulez. Je vais vous transformer en statues de sel, vous n'êtes pas du peuple, et les métallos vont revenir brûler vos baraques et vos appartements et vos restaurants et vos universités, tout. Cet enfoiré s'appelle Michael Cohen. Michael s'appelle *Cohen* ! Comme par hasard… Il est mauvais. C'est un méchant. Et évidemment que je ne suis pas amoureux de Kim ! Vous me prenez pour qui ? Je l'ai dit à Melania. C'était ma stratégie. Elle est sensible. Elle veut garder son honneur. Elle ne veut pas être cocue à la face du monde. Mais le monde va trop vite. Et c'est à mon avantage. Il fallait trois jours pour qu'un message d'Abraham Lincoln parvienne à un trou du cul de gouverneur du Montana ? Il ne faut même pas une seconde pour que l'une de mes pensées parvienne à toute l'humanité. Alors personne n'a le temps de vérifier si ma pensée est vraie ou si ma pensée est fausse. À quoi ça rime ? Les gens soi-disant si intelligents ne comprennent plus. Le temps qu'ils vérifient l'authenticité de ma pensée, deux cents autres de mes pensées sont déjà parvenues au monde. Je les ai tous submergés. Je suis l'océan et ils sont le sel. Alors il y a le Congrès et la presse et les intellectuels ? Oui, il y a tout ça, il y a le sel. Mais plus pour longtemps. Croyez-moi. Parce que le sel se dissout. Parce que Abraham Lincoln n'aurait plus besoin de gouverneur aujourd'hui. Parce que CNN, c'est bientôt fini.

Je vais vous dire un secret. Emmanuel Macron ne voulait pas être président. Il voulait être romancier. Il a écrit deux livres, le premier s'appelait *Babylone, Babylone*. J'ai un rapport qui le certifie. La source est russe, mais la CIA le certifie. Jamais publié ! *Babylone, Babylone*… non mais quelle bonne blague ! Il faut être humble. Je suis humble. Donald Trump, au fond de lui, est un sucre d'orge qui carbure à l'humilité. Je sais que la puissance de calcul de mon iPhone et du vôtre équivaut à la puissance de calcul de tous les ordinateurs de la NASA en 1969 quand on a envoyé Louis Armstrong sur la Lune. Et qu'Armstrong ait vraiment marché sur la Lune n'est pas la question ni même le problème. C'est la vérité. Juste la vérité ! Vous savez où se crée la vérité qui se trouve dans votre tête ? Je veux dire, là, tout de suite, et pour longtemps. Elle s'écrit dans ma poche. Là où se trouve mon iPhone. Les gens ont cru qu'il y avait un nouveau pays qui s'appelait le Covfefe juste parce que je l'ai écrit dans un tweet. Ce n'est pas vrai ? Vérifiez ! C'est la vérité. Croyez-moi. Bien sûr que je voulais écrire *coverage*, mais vous voyez où je veux en venir ? Des types ont créé le langage Java et on n'y peut plus rien, c'est beaucoup plus puissant que l'espingouin. La vraie *guerre* se résume à l'opération Hiybbprqag. La guerre de tous les jours est maintenant comme ça. Il n'y a qu'une seule guerre. C'est la guerre pour la vérité. La guerre pour que la VÉRITÉ soit dans vos têtes.

Bonjour le monde[2] !

Donald J. Trump
Le 10 septembre 2019,
Trump Tower, New York

---

2. Il est de tradition de faire écrire à un programme informatique « *Hello world !* » pour démontrer qu'un langage de programmation fonctionne ou tester un compilateur *(NdT)*.

A SW, pour tout ce que tu m'as donné, mon frère.

RÉALISATION : NORD COMPO À VILLENEUVE-D'ASCQ
IMPRESSION : CPI FRANCE
DÉPÔT LÉGAL : OCTOBRE 2019. N° 141145 (3035146)
IMPRIMÉ EN FRANCE